하북평가
검술천재

하북팽가 검술천재 35

2024년 8월 20일 초판 1쇄 인쇄
2024년 8월 23일 초판 1쇄 발행

지은이 이도훈
발행인 김관영

기획 박경무 강민구 임동관 조익현 최시준 신정윤
책임편집 주현진
마케팅지원 유형일 장민정

발행처 (주)로크미디어
출판등록 2003년 3월 24일
주소 서울시 마포구 마포대로 45 일진빌딩 6층
Tel (02)3273-5135 Fax (02)3273-5134
홈페이지 rokmedia.com E-mail rokmedia@empas.com

ROK
MEDIA
로크미디어

이도훈 신무협 장편소설

35

하북팽가

검술천재

차
례

호형용제

귀청을 찢을 듯한 굉음에 구경꾼들 모두는 본능적으로 입구 쪽으로 고개를 돌렸다.

순간 그들의 눈이 커졌다.

화려한 모양이 음각된 출입문 대신, 한눈에 보기에도 육중한 철문이 입구를 막고 있었다.

녹이 슨 듯한 불길한 모양의 거대한 무쇠를 본 구경꾼들은 두려움을 느꼈다.

"저건 대체⋯⋯."

"다른 문으로라도 도망쳐야겠네. 모두가 동시에 움직인다면 아무리 고수라도 우리를 막기는 힘들 걸세."

그나마 강호에 대해 견문이 넓은 거간꾼 조위명이 말하자,

지인이 고개를 끄덕였다.

그때였다.

다시 굉음이 이어졌다.

하지만 이번 굉음은 한 번으로 끝나지 않았다.

콰앙. 쾅. 쾅!

마치 숙련된 악공의 연주처럼 굉음은 사방에서 규칙적으로 울렸다.

굉음이 울려 퍼질 때마다 객잔 안은 점점 어두워졌다.

마지막 굉음이 끝난 후, 객잔 안에는 빛이 한 줄기도 남지 않았다.

모든 문이 닫혀서 빛 한 점 들어오지 않는 객잔.

밖과 통하는 모든 문이 닫힌 것이다.

강호 경험이 있는 자라면 이 상황이 의미하는 바를 정확히 알아챌 수밖에 없었다.

이 객잔은 완벽한 밀실이 된 것이다. 아니 빛조차 없으니 암실(暗室)이라고 해야 맞을 듯싶었다.

그때 누군가 겁을 먹고 자리에서 일어났다.

타다닥.

겁에 질려 어디론가 뛰는 듯 다급하게 움직이는 발소리.

하지만 그 뒤에 이어진 것은 비명이었다.

으악!

비명과 함께 둔탁한 소리가 이어졌다.

데구루루.

뭔가가 굴러가는 소리가 분명했다.

공포는 사람의 이성을 마비시키는 법.

그때부터 구경꾼 중 몇몇은 탈출을 위해 어둠 속을 뛰어다녔다.

하지만 출구를 찾기는커녕 비명만 객장 안에 퍼졌다.

암실이 된 객장 안은 말 그대로 아수라장이 되어 버렸다.

그때, 어디선가 손뼉 치는 소리가 들려왔다.

짝!

그 소리에 맞춰서 벽면의 곳곳에서 빛이 흘러나왔다.

난데없는 상황에 가장 당황한 것은 팽경빈을 비롯한 적들이었다.

그들은 이해가 안 된다는 듯 주변을 살폈다.

기관 장치를 가동해 이곳을 암실로 만든 점소이들도 당황스러운 듯 서로를 바라봤다.

희미하지만 상대를 알아볼 정도의 빛이 실내를 채웠다.

과연 어떻게 된 것일까?

모두는 이내 그 빛의 정체에 대해서 알 수 있었다.

지금 빛을 내고 있는 것은 야명주였다.

지금 눈에 보이는 야명주만 무려 여섯 개.

문제는 야명주의 크기였다.

야명주는 밝기와 크기에 따라서 가격이 천차만별이었다.

그런데 지금 벽과 천장에 박혀 있는 야명주는 시중에서 찾을 수 없을 만큼 밝았으며 그 크기도 성인의 주먹만 했다.

   모두가 놀라고 있을 때, 한빈이 입을 열었다.

   "저 야명주는 주인이 따로 있으니 절대로 건들지 마십시오."

   한빈의 말에 모두가 눈을 크게 떴다.

   잡아먹을 듯 한빈을 노려보던 팽경빈마저 입술을 달싹였다.

   그때 설화가 한빈의 옆으로 다가왔다.

   "공자님, 잃어버리면 약속대로 새로 사 주셔야 해요."

   "그래, 약속하마."

   한빈이 새끼손가락을 들어 보였다.

   다른 이들은 그저 고개를 갸웃할 뿐 둘의 대화를 알 수 없었다.

   사실 그 야명주는 암제의 유산 중 하나였다.

   유산 중 설화와 청화의 몫.

   둘은 야명주만큼은 만금 전장에 맡겨 놓지 않고 품에 넣고 다녔다.

   한빈과 설화 그리고 청화는 지금의 상황을 이미 예상하고 있었다.

   무쇠로 만든 벽과 탁자 그리고 그 사이에 남아 있는 흔적 때문이었다.

모든 것을 종합해 보면 객잔의 기관을 예상할 수 있었다.

탁자를 움직여 창문을 막는 장치 말이다.

만약 이 안의 불이 꺼지면 어떻게 될까?

이곳이 암실로 변하게 될 것은 뻔한 일이었다.

한빈은 상대가 원하는 대로 따라 줄 마음이 조금도 없었다.

그것이 오랜만에 만난 팽경빈이든 아니면 다른 적이든 말이다.

한빈은 의도대로 간단하게 야명주를 가릴 수도, 드러낼 수도 있었다.

가리면 이곳은 암실이 되고, 드러내면 희미하나마 상대를 확인할 수 있었다.

객잔의 출구는 상대가 막았지만, 빛은 한빈이 통제하게 된 것이다.

희미하게 서로를 확인할 수 있는 상태가 되자, 여기저기서 헛숨이 흘러나왔다.

"휴, 무사했구먼."

"자네도……."

하지만 그들은 안심할 수 없었다.

바닥에 널브러진 몇 구의 시체 때문이었다.

그들은 재빨리 숨을 멈춘 채 고개를 돌렸다.

모두가 경악한 가운데 희미한 웃음이 흘러나왔다.

"하하."

웃음을 흘린 자는 팽경빈이었다.

그 모습에 한빈이 고개를 갸웃했다.

"왜 웃으시죠?"

"저자들은 너 때문에 죽는 것이다."

"저 때문이라고요?"

"그래, 너를 보지 않았다면 내 분노가 이 정도까지 차오르지는 않았을 터. 그러니 모든 게 너 때문이다."

"제가 여기에 없었다면 더 빨리 모두를 죽였을 것이 아닙니까?"

"대신 고통은 없었겠지."

말을 마친 팽경빈이 입가에 미소를 피워 올렸다.

한빈은 시체를 가리켰다.

"다행히도 제가 책임지기로 한 자들은 멀쩡하군요."

한빈의 말대로였다.

시체 중에 팔에 띠를 두른 자는 아무도 없었다.

팔에 띠를 두른 구경꾼들은 모두 설화와 청화의 통제를 받는 중이었다.

그때 팽경빈이 다시 입을 열었다.

"어차피 죽을 목숨 아니던가? 순서야 상관없지."

"길고 짧은 건 대봐야 알지 않겠습니까?"

"그 입심은 여전하군."

팽경빈이 피식 웃자, 한빈이 검을 들었다.

"그럼 우리도 마무리 지을까요?"

"좋지."

팽경빈이 의미심장한 웃음을 지었다.

한빈은 한 발 앞으로 나가며 검을 뽑았다.

스릉.

월아의 검신이 야명주의 빛을 받아 희미하게 반짝였다.

순간 한빈의 신형이 사라졌다.

사사삭.

'구걸십팔보!'

'전광석화!'

'성동격서!'

순식간에 팽경빈의 앞에 나타난 한빈의 검이 번쩍하고 공간을 갈랐다.

동시에 팽경빈이 해금을 기둥처럼 세웠다.

한빈의 검을 막기 위한 자세였다.

하지만 팽경빈의 방어가 무색하게 한빈의 검이 사라지더니 위쪽에서 다시 나타났다.

동쪽에서 소란을 일으키고 서쪽을 친다는 성동격서의 묘리대로!

월아가 일도양단의 기세를 싣고 팽경빈의 정수리로 내려왔다.

팡!

순간 한빈은 고개를 갸웃했다.

사실 이번 공격은 적을 살피기 위함이었다.

한빈은 팽경빈의 무위를 완벽하게 알지 못했다.

그렇지만 천외천급 구결을 지닌 자가 이리 쉽사리 당할 리는 없었다.

한빈은 멈추지 않았다.

월아를 그대로 아래로 내리그었다.

팽경빈의 정수리까지 남은 간격은 정확히 일 촌이었다.

월아는 바로 코앞에서 멈추었다.

한빈은 희미한 불빛 아래에서 월아를 쥐고 있는 가느다란 줄을 보았다.

그 줄은 바로 해금의 현이었다.

해금의 현이 줄기줄기 흘러나와서 월아를 틀어쥐고 있었다.

한빈은 졸지에 무기를 잃어버리게 된 것이다.

누가 봐도 낭패한 모습이었다.

해금은 범상치 않은 무기였다.

여러 개의 현이 풀려서 마치 채찍처럼 움직이는 것 같았다.

한빈은 팽경빈이 들고 있는 해금과 비슷한 무기를 전생에 들어 본 적이 있었다.

바로 혈금(血琴)이라 불리는 무기였다.

정마대전 도중 무수한 정파 고수의 목숨을 앗아 갔던 무기.

한빈은 월아를 잡아당겼다.

하지만 자물쇠를 채워 놓은 것처럼 월아는 꿈쩍도 하지 않았다.

대신 해금에 달려 있던 여분의 줄이 스르르 풀리더니 한빈을 향해서 날아왔다.

픽!

두 개의 줄이 마치 살아 있는 독사처럼 한빈을 향해서 날아왔다.

날아오던 줄은 한빈의 양쪽 눈 바로 앞에서 멈추었다.

두 개의 줄은 각각 한빈의 오른쪽 눈과 왼쪽 눈을 노리고 있었다.

조금만 움직여도 한빈의 양쪽 눈동자를 파고들 것만 같은 흉흉한 분위기였다.

하지만 두 개의 줄은 더 이상 전진하지 않았다.

누가 봐도 팽경빈이 사정을 봐주는 것이 분명했다.

아니나 다를까.

팽경빈이 여유롭게 입을 열었다.

"옛정을 봐서 한 번 봐줬다. 내게 잘못했다고 하면 두 눈은 남겨 두지."

"······."

하지만 한빈은 답하지 않았다.

전혀 주눅이 들지 않은 표정으로 팽경빈을 노려볼 뿐이었다.

둘의 대결에 구경꾼들은 입을 딱 벌렸다.

희미한 불빛 아래 벌이는 대결이지만, 누가 봐도 승부는 기울었다.

그것도 단 일 합에 말이다.

그들의 대결을 보고 있던 거간꾼 조위명은 한숨을 내쉬었다.

"아, 이제 우린 끝났군. 이제 끝이야."

"뭐가 끝났단 말이에요?"

누군가 의아한 목소리로 묻자, 조위명이 고개를 돌렸다.

흰색 무복의 소녀가 눈을 가늘게 뜨고 있었다.

깜짝 놀란 조위명이 물었다.

"대체 너는······?"

"다시 말씀해 보세요, 아저씨."

조위명에게 따진 상대는 설화였다.

설화는 팔짱을 끼고 조위명을 노려봤다.

조위명은 이해가 안 된다는 듯 고개를 갸웃했다.

그는 상대를 떠올리려고 애를 썼다.

야명주 불빛에 의지해 상대를 파악하려고 하니 갑자기 생각이 안 난 것이다.

기억을 더듬던 조위명은 아까 대화를 나눴던 소녀의 얼굴이 떠올랐다.

"너는 계약서를 부탁했던 아이구나."

"네, 맞아요. 저 공자님을 모시는 사람이에요. 그런데 왜 우리 공자님이 질 거라고 생각하시는 거죠?"

"저리 꼼짝달싹 못 하는데 어찌 요행을 바라겠느냐? 네가 모시는 공자인 것은 알겠고 팔이 안으로 굽는 것도 알겠다만은……. 강호에서 승부란 냉혹한 법이다."

조위명은 고개를 흔들었다.

그의 눈빛에서 희망이라고는 찾아볼 수 없었다.

그 모습에 설화가 어깨에 힘을 주며 한빈이 있는 곳을 가리켰다.

"잘 보세요. 지금 우리 공자님이 유리한 상황이거든요."

"유리한 상황은 아닌 듯 보인다마는……."

조위명의 말대로 한빈은 꼼짝 못 하고 있었다.

상대의 마음이 조금이라도 변하면 당장이라도 목숨이 달아날 판이었다.

하지만 설화는 물러서지 않았다.

"우리 공자님은 시간을 벌고 계신 거예요."

"시간을 번다고?"

"우리가 탈출할 시간을요. 지금 상황은 아시죠?"

"그야 덫에 걸린 토끼가 아니더냐?"

말을 마친 거간꾼 조위명은 조용히 천장을 올려봤다.

무림 고수와 살수로 들어찬 객잔이었다. 그뿐 아니라 사방이 완벽하게 막혀 있는 상태.

이곳은 살인 멸구를 위해 만들어진 밀실임이 분명했다.

조위명은 누구도 자신을 돕지 못한다고 확신했다.

앞으로 일찍 죽느냐 늦게 죽느냐의 차이일 뿐이었다.

그때 설화가 조위명의 소매를 끌었다.

"아저씨, 이리 오세요."

"……."

조위명은 답하지 않았다. 설화가 무슨 말을 하는지 알 수 없었다.

그때 설화가 다시 말을 이었다.

"이쪽으로 따라오세요. 우리 공자님이 싸움하시는 데 방해 돼요."

설화가 조위명의 소매를 다시 잡아끌었다.

조위명은 할 수 없이 설화를 따라갔다.

조위명뿐이 아니었다.

구경꾼들은 설화를 따라 움직였다.

설화가 향한 곳은 이 층으로 올라가는 계단이었다.

뒤를 따르던 조위명은 주변을 둘러봤다.

점소이들이 설화를 향해 포위망을 좁혀 왔다.

하지만 일정 간격 안으로는 들어오지 않았다.

설화는 품속에서 우혈랑검을 꺼냈다.

그 행동에 맞춰 청화도 좌혈랑검을 꺼냈다.

뒤쪽에 있던 장무희만은 어찌할 바를 몰랐다.

바로 자신의 오라비 때문이었다.

장이연은 장무광의 검을 움켜쥔 채 꼼짝도 하지 않았다.

둘은 마치 내공 싸움을 하는 모양새였다.

그 상황을 보고 있자니 장무희는 이곳에서 발을 뺄 수 없었다.

그뿐이 아니었다.

이곳에는 백색 무복의 무사들이 다수 남아 있었다.

자신마저 이곳을 떠난다면?

일 층에 남아 있는 자신의 오라비와 은공은 목숨을 잃을 것이다.

그때 멀리서 귀에 익은 목소리가 들려왔다.

"이곳을 비워 주시는 게 돕는 겁니다."

바로 한빈의 목소리였다.

장무희는 물끄러미 한빈을 바라봤다.

은공은 포기해도 자신의 오라비를 놔두고는 그냥 갈 수 없었다.

그때 한빈이 다시 입을 열었다.

"내가 맡겠습니다. 그러니 올라가시죠."

"아, 알았어요."

장무희는 설화를 따라 위층으로 올라갔다.

자신의 오라비를 책임지겠다는 은공을 믿을 수밖에 없었다.

그녀의 오라비를 가장 잘 알고 있는 것은 그 누구도 아닌 은공이기 때문이다.

입술을 깨문 장무희는 재빨리 몸을 돌려 앞서가는 설화를 따라갔다.

위층으로 올라간 장무희는 눈을 크게 떴다.

이곳도 사방이 막혀 있었다.

거기에 그들을 기다리고 있는 것은 한 줌 빛조차 없는 암흑이었다.

그때였다.

계단에서 소리가 들려왔다.

터벅터벅.

점소이로 위장한 살수들의 기척이었다.

장무희는 자신도 모르게 검집을 움켜잡았다.

언제든 발검을 할 수 있게 자세를 취하던 장무희는 자신도 모르게 손을 놓았다.

이 층은 바로 앞도 보이지 않는 암흑이었다.

적군과 아군이 구분되지 않기에, 자신의 검에 애먼 이가 다칠 수도 있다는 말이었다.

스륵.

여기저기서 들려오는 기척에 장무희는 뒤로 물러났다.

그때였다.

자신의 앞쪽으로 희미한 살기가 흘러들었다.

살기를 타고 흐르는 한 줄기 섬광.

휘익!

장무희는 자신도 모르게 검집을 그대로 들었다.

반사적으로 적의 공격에 반응한 것이다.

하지만 막을 수 있다는 확신은 없었다.

이것은 누가 봐도 불리한 싸움이었다.

스스럼없이 검을 내뻗는 상대를 보니, 그들은 어둠 속에서도 자신 있게 살수를 펼칠 수 있는 훈련이 돼 있는 것이 분명했다.

검집을 기둥 삼아 방어하던 장무희는 고개를 갸웃했다.

검집에서 어떤 느낌도 느껴지지 않았기 때문이다.

대신 앞쪽에서 희미한 비명이 울려 퍼졌다.

악!

털썩.

순간 다가오던 살수들의 기척이 희미해졌다.

그때 장무희의 옆쪽에서 귀에 익은 목소리가 들려왔다.

"괜찮은 거죠? 언니."

"설화 맞지? 그런데 어떻게……."

장무희는 말을 맺지 못했다.

지금 무슨 일이 일어났는지 감도 잡히지 않았다.

상대는 어둠이 익숙한 살수였다.

그런데 설화가 그중 하나를 아무렇지 않게 물리친 것이다.

나이로 보면 설화는 스무 살도 안 되어 보였다. 아니 얼굴만 보면 그보다 더 어리다고 봐도 되었다.

한눈에 보기에도 설화는 강호 경험이 부족해 보였다.

사실 어둠에 익숙한 살수를 상대하는 일은 무공보다는 경험이 중요한 일이었다.

그런데 설화는 무시무시한 살수를 아무렇지 않게 상대하고 있었다.

가장 이해가 안 되는 것은 바로 설화의 목소리였다.

설화의 목소리는 그 어느 때보다 밝았다.

마실 나온 소녀 같은 목소리는 바로 앞에서 느껴지는 피비린내를 단번에 지워 버렸다.

순간 장무희는 눈앞에 살수들이 다가온다는 것도 잊었다.

그때 설화가 말을 이었다.

"저 친구들보다는 제가 어둠에 더 익숙하거든요."

"그게 무슨 말⋯⋯."

장무희는 이번에도 말을 맺지 못했다. 여전히 설화의 말이 이해가 되지 않기 때문이다.

살수보다 어둠에 익숙한 이는 무림에 존재하지 않는다.

말을 마친 설화가 한 발 앞으로 나갔다.

순간 설화의 발소리가 사방으로 울려 퍼졌다.

터벅.

장무희는 손을 뻗으려다가 멈췄다.

설화를 말리면 안 될 것 같아서였다.

그때 설화의 목소리가 다시 들려왔다.

"일단 쟤네들도 처리하고요."

이번에도 일부러 소리 내는 듯 목청을 키웠다.

순간 설화를 향해 다가오는 두 개의 기척.

그 기척은 흐릿한 살기를 담고 있었다.

획! 획!

어둠 속에서 이어지는 두 번의 칼질 뒤에 다시 건너편에서 비명이 들려왔다.

아악!

윽!

비명 뒤에 다시 침묵이 찾아왔다.

다가오던 살수들이 일제히 기척을 감춘 것이다.

하지만 설화는 멈추지 않았다.

"들어올 사람은 빨리 들어오세요. 아까 남겨 둔 당과를 먹어야 해요."

물론 설화의 말에 대꾸하는 이는 없었다.

그때였다.

설화가 손가락을 튕겼다.

딱.

어디선가 많이 본 듯한 모습이었다.

그때 뒤쪽에서 기척이 느껴졌다.

다가온 신형은 부스럭거리면서 품속에서 뭔가를 꺼냈다.

품속에서 꺼낸 물건은 야명주였다.

야명주를 든 청화가 볼을 부풀리며 설화를 바라봤다.

"그냥 말하면 될 것을 왜 손가락을 튕기세요?"

"나도 꼭 한번 해 보고 싶었거든."

"그럼 저도 한 번 하게 해 줘요."

"그래, 나중에……."

말을 마친 설화는 우혈랑검을 들고 눈을 반짝였다.

그 모습은 설원 위에서 먹이를 찾아 헤매는 늑대와도 같았다.

야명주를 들고 천천히 앞으로 나가는 설화.

뒤에서 설화를 본 장무희는 자신도 모르게 입을 벌렸다.

설화가 뿜어내는 것은 단순한 살기가 아니었다.

지금 천천히 앞으로 나아가는 설화의 기세는 한 문파를 이끄는 일대종사와도 같은 위엄이 서려 있었다.

장무희는 자신도 모르게 고개를 저었다.

지금만큼은 설화를 개방도라고 생각할 수가 없었다.

어찌 개방도가 저런 기세를 뿜어낸다는 말인가?

거기에 설화의 뒷모습을 보면 어둠 속이 더 편안해 보였다.

장무희는 지금의 상황이 이해되지 않는 한편, 묘하게 안도감이 들었다.

설화의 뒤에 있으면 자신이 안전할 것이라는 확신이 들었다.

한편으로는 야명주로 인해 적의 형체를 알아볼 정도가 되자, 장무희의 가슴속에서 호승심이 일었다.

저들을 베어 넘기고 일 층으로 가서 오라비와 은공을 구하고 싶었다.

이것은 무인으로서 가지는 본능이었다.

하지만 장무희는 고개를 저었다.

압도적인 기세를 뿜내고 있는 설화조차 자리를 피해 줬다는 것은, 자신이 아래로 내려가 봤자 전혀 도움이 되지 않는다는 것이 현실이었다.

장무희는 마음을 가다듬고 검을 들었다.

설화가 불리한 상황에 빠진다면 바로 검을 뽑아 들기 위해서였다.

주변의 시선을 뒤로한 채 설화는 천천히 적을 살폈다.

설화의 앞쪽에는 살수들이 넓게 진영을 펼치고 있었다.

그들은 움츠러든 듯 숨을 죽이고 있었다.

설화는 그들이 움츠러들지 않았다는 것을 알고 있었다.

살수 셋이 당하자 전술을 바꾼 것뿐이었다.

진짜로 적이 움츠러든 것이라면 설화의 우혈랑검에 당한 살수가 그 자리에서 뒹굴고 있는 것이 맞았다.

하지만 살수들은 동료를 재빨리 옮겼다.

아직 그들의 검이 무뎌지지 않았다는 증거였다.

당황한 듯 움츠려 있는 것은, 어찌 보면 허를 보여 주고 상대를 낚으려는 계책이 틀림없었다.

자신이 여기에서 한 발 앞으로 나아가면, 그들은 바로 겹겹이 에워싸고 공격을 시작하리라는 것을 설화는 알고 있었다.

설화는 조용히 바닥을 바라봤다.

역시나 자신의 예상이 맞았다.

바닥에는 철질려가 여기저기 나뒹굴고 있었다.

철질려는 그들과 설화 사이에 경계선을 만들고 있었다.

여기에서 설화가 한 발 더 나아간다면 발바닥에 철질려가 박힐 것이 분명했다.

자세히 보니 바닥에서는 희미하지만 독향도 흘러나오고 있었다.

설화는 고개를 끄덕였다.

"임무에 충실한 모습 보기 좋네요. 살수라면 수단과 방법을 가리지 않고 목표를 제거해야 하는 법이에요. 그러니 칭찬할 만해요."

설화의 말에 장난기란 없었다.

이것은 진심에서 우러나오는 충고였다.

한빈을 만나기 전 설화는 평생 살수로 살아왔다.

바로 살막과 더불어 최고의 살수 집단인 흑천의 특급살수로 말이다.

특급살수를 넘어서 흑천의 살수를 키워 내는 자리에 있던 것이 바로 설화였다.

설화는 지금 눈앞에 있는 살수들이 애송이로 보였다.

어둠 속에서 적을 공략하는 것에서부터 시작해서 물러서는 행동까지, 모든 것이 어설펐다.

거기에 그들이 앞으로 펼칠 행동까지 모두 눈에 들어왔다.

그때 점소이로 변장한 살수 중 하나가 앞으로 나왔다.

"감이 좋구나."

설화가 독이 묻은 철질려를 간파한 것을 두고 한 말이 분명했다.

설화는 고개를 저었다.

"나 같으면 철질려에 냄새나는 싸구려 묘향독을 쓰지는 않았을 거예요. 가능하다면 조금 가격이 나가도 소이산 같은 독을 썼겠죠. 물론 도망가지 않고 버티는 그 호기는 높이 사야 할 것 같아요."

"네년의 혀가 길구나."

"혀가 긴 사람이 승부에서 반은 먹고 들어간다고 옛 성현이 말씀하셨죠."

"그 옛 성현이 누구냐?"

"그건 비밀이에요."

설화가 빙긋 웃었다.

사실 그 성현의 정체는 말할 수 없었다.

말은 옛 성현이라고 했지만, 혀가 길면 반은 먹고 들어간다는 말을 한 것은 한빈이었다.

순간 앞에 선 살수가 미간을 좁혔다.

희미한 야명주의 불빛 아래에서도 확연히 드러나는 붉은 얼굴.

설화의 격장지계가 통한 것이다.

그것도 잠시, 살수는 감정을 다스리려는 듯 심호흡을 몇 번이고 했다.

그러더니 손가락 하나를 폈다.

동시에 뒤쪽에 모든 살수가 상의를 벗어 던졌다.

상의를 벗어 던지자 쫙 달라붙는 형태의 야행복이 드러났다.

살수행을 하기에 딱 적합한 복장이었다.

그 모습에 설화가 피식 웃었다.

"본격적으로 해보시겠다는 건가요?"

"물론이지. 내가 이래 봬도 검 쓰는 법은 제대로 배웠단다, 아이야."

"스승이 누군가요?"

"미안하지만 그건 나도 비밀이란다."

사내가 등 뒤에서 검을 뽑았다.

단검과 장검의 중간 정도 크기.

사내의 팔뚝만 한 크기였다.

그 크기의 중검은 사실 근접전에 자신 있는 살수들이 주로 사용했다.

흑천의 살수들은 조장급 이상에서는 모두 사내와 같은 중검을 사용한다.

앞장선 살수가 검을 움직이며 품에서 조그만 대나무 통 하나를 꺼냈다.

앞선 살수뿐이 아니었다. 뒤에 있던 살수들도 동시에 대나무 통을 꺼내 던졌다.

순간 대나무 통에서 연기가 피어올랐다.

하나라면 모르겠지만, 다량의 대나무 통이 연기를 뿜어내자 야명주의 불빛은 무용지물이 되었다.

연기가 점점 가득 차자, 뒤쪽에 있던 구경꾼들은 두려움에 뒤로 물러나 벽에 바싹 붙었다.

상대의 수법을 본 설화는 고개를 갸웃했다.

묘하게 그들의 수법이 눈에 익어서였다.

어둠 속에서도 연막탄을 준비하는 철저함은 일반적인 살수들에게서는 볼 수 없는 모습이었다.

이것은 마치…….

설화가 속해 있던 흑천의 살수와 비슷했다.

이러한 수법을 가르쳐 준 것이 바로 설화였다.

설화는 일단 숨을 참았다.

지금 대결에서 가장 중요한 것은 바로 호흡이었다.

이것은 일반적인 연기가 아니었다.

만약 이 연기를 조금이라도 들이마신다면 그 자리에서 정신을 잃을 것이 분명했다.

이는 절대고수와 싸울 때를 대비해서 훈련하던 전술이었다.

그때였다.

설화의 눈앞으로 살수들의 검이 흘러 들어왔다.

순간 설화는 고개를 갸웃했다.

연기 속에서 스쳐 지나가는 검신의 중앙에서 희미한 검은색 점을 보았기 때문이다.

그 점은 다름 아닌 흑천의 상징이었다.

사실 흑천이 아니라면 무기에 살수의 흔적을 남겨 놓을 집단은 없었다.

그렇게 점을 남겨 놓는 이유는 임무에 실패하지 않으리라는 자신감 때문이었다.

위층에서 소란이 일었지만, 한빈과 팽경빈 사이에 변화는 없었다.

팽경빈은 한빈의 검을 속박한 뒤 비웃음을 보냈다.

"덫에 걸린 토끼가 도망가는 노루를 걱정하는 꼴이구나."

"이제는 제가 토끼로 보이는군요."

"토끼가 아니라 쥐 새끼로 보인단다."

팽경빈이 가소롭다는 눈빛으로 한빈을 바라봤다.

그 눈빛만 보면 팽경빈은 고양이가 맞았다.

그 눈빛을 본 한빈이 어깨를 으쓱하며 말했다.

"혹시 생쥐에 물린 고양이를 본 적이 있으십니까?"

팽경빈이 비웃음 가득한 얼굴로 한빈을 바라봤다.

"고양이를 무는 생쥐라 했느냐? 그런 쥐는 금시초문이다
마는……."

"가끔은 이상한 생쥐도 나오는 게 강호라는 세상 아닙니
까?"

한빈이 빙긋 웃자, 팽경빈이 고개를 흔들었다.

"그 생쥐가 너라고 하고 싶은 게냐? 그건 아니지. 너는 그
럴 만한 재목이 아니다."

"그건 그렇죠. 그런데 생쥐라고 하기에는 제가 너무 크지
않았습니까?"

"하하. 고양이를 무는 쥐든, 호랑이를 무는 쥐든 나한테는
상관없다. 어떤 쥐도 빠져나가지 못하는 덫에 걸렸다는 것이
중요할 뿐이다."

"벌써 빠져나갔는데요."

한빈이 위쪽을 가리키자, 팽경빈이 고개를 흔들었다.

"위쪽에 도망갈 구멍이 있다고 생각하는 것 같은데, 위로 올라간다고 해도 사정은 달라지지 않는다. 너는 위층으로 올라간 점소이들의 정체를 아느냐?"

"살수들 아닙니까?"

"맞다. 하지만 보통 살수가 아니지. 하하."

팽경빈이 위를 가리키며 웃었다. 그 웃음에는 여유가 넘쳐났다.

그 모습에 한빈이 눈을 가늘게 떴다.

"대체 어디서 굴러먹다 온 살수이기에 그리 자신만만하신 겁니까?"

"놈들은 말로만 듣던 흑천의 살수들이다."

"흑천이라고요?"

"내 무공을 보고도 놀라지 않더니만, 흑천은 무서운가 보구나."

"흠."

한빈은 헛기침하며 표정을 숨겼다.

그 모습에 팽경빈이 만족한 표정으로 물었다.

"그리 무섭더냐?"

"네, 무섭습니다. 그런데 어떻게 흑천을 고용하신 겁니까?"

한빈이 눈을 가늘게 떴다.

사실 이 부분이 가장 궁금했다.

흑천의 살수를 고용하기 위해서는 막대한 자금이 든다.

한빈은 팽경빈의 무공보다 그의 금력에 눈길이 갔다.

팽경빈은 슬쩍 입꼬리를 올린 채 한빈을 바라봤다.

그것도 잠시, 그는 선심 쓴다는 듯 입을 열었다.

"돈이라면 안 되는 게 없는 게 강호 아니더냐?"

"돈으로 안 되는 것도 많습니다."

"그건 돈이 부족하기 때문이지."

팽경빈은 득의양양한 표정으로 한빈을 바라봤다.

한빈은 조용히 고개를 끄덕였다.

어찌 보면 팽경빈의 말이 맞을 수도 있었다.

"그럼 가문을 나와 편히 지내셨겠군요. 다행입니다."

"다행이라……. 이제까지 살아 있다는 게 천운이기도 하지. 우리를 가장 먼저 쫓아온 게 흑천이라면 믿겠느냐? 그리고 지금은 그 흑천을 고용했지."

"재미있군요. 그런데 생각처럼 될까요?"

"생각처럼 안 되어도 상관없단다. 흑천이 사라진다면 나는 그것대로 만족하니까."

팽경빈은 눈을 반짝였다. 표정만 봐서는 흑천에 맺힌 원한이 꽤 많은 것 같았다.

한빈은 대충 팽경빈의 사정을 알고 있었다.

정화 부인이 세력을 잃어버린 원인 중 하나가 흑천이니까.

정화 부인은 흑천을 이용해서 한빈을 제거하려고 했었다.

하지만 잘못된 정보로 도리어 흑천이 큰 손해를 봤다.

그중 하나가 설화를 잃어버린 것이었다.

그런데 지금은 흑천이 팽경빈을 돕고 있다고?

아무리 생각해도 이해가 되지 않았다.

팽경빈이 흑천의 약점을 틀어쥐고 있다고 생각할 수밖에 없었다.

한빈은 조금 더 떠보기로 했다.

"그럼 그 무공도 돈을 주고 샀다는 말씀이시군요."

"무공만은 돈으로 안 되더구나. 하지만 돈 말고도 운이라는 게 있지."

"돈과 운이라……. 모든 것을 다 손에 넣으셨는데 하북에는 무슨 일이십니까?"

"하북팽가와 결판을 내기 위해서지. 하북팽가의 가주부터 시작해서 너까지, 모두가 내 발아래 머리를 조아려야 할 것이다."

"그리 자신이 있으십니까?"

한빈의 질문에 팽경빈은 그윽한 미소를 피워 냈다.

그것은 절대자의 미소였다.

여유 있게 미소를 피워 내던 팽경빈이 다시 말을 이었다.

"칠종칠금."

"……."

한빈이 고개를 갸웃했다.

칠종칠금은 일곱 번을 놓아주고 일곱 번을 잡는다는 뜻.

제갈량이 맹획을 자유자재로 농락하면서 생긴 일화였다. 한마디로 상대를 마음대로 다룬다는 뜻.

한빈은 팽경빈이 왜 칠종칠금을 언급했는지 이해가 되지 않았다.

한빈의 표정을 본 팽경빈이 말을 이었다.

"지금부터 일곱 번을 놓아주겠다. 아우에 대한 배려니 사양 말거라."

"후회하실 텐데요."

"아마도 후회는 네가 하게 될 것 같구나."

팽경빈이 다시 미소를 피워 냈다.

그 모습에 한빈은 고개를 끄덕였다.

한빈은 팽경빈의 마음을 알 것 같았다. 팽경빈은 지금 잡아 놓은 쥐를 바로 먹기 싫은 것이 분명했다.

잡아 놓은 쥐를 장난감 삼아서 즐기다가 잡아먹겠다는 심산이었다.

이전 그가 한 말대로 한빈을 생쥐로 생각하고 있는 것.

팽경빈이 다시 입을 열었다.

"이제 놀아 보자꾸나."

그는 피식 웃으며 해금을 들었다.

간단한 동작에, 월아를 옥죄고 있던 해금의 줄이 스르르하고 풀렸다.

　한빈은 뒤쪽으로 물러나며 팽경빈의 눈을 보았다.

　팽경빈의 눈빛에 배려라는 단어는 없었다.

　오로지 먹잇감을 바라보는 독사의 눈빛이었다.

　한빈은 그의 행동이 배려가 아님을 알 수 있었다.

　그의 심성은 하나도 변하지 않았다.

　그저 절망하는 모습을 보면서 즐기고 싶은 것이 분명했다.

　한빈은 그의 장단에 놀아 주기로 했다.

　월아를 뺀 한빈은 재빨리 뒤로 물러났다.

　파바박!

　구걸십팔보가 아닌 하북팽가의 호련보(虎蓮步)였다.

　이것은 한빈이 선택한 단죄 방법이었다.

　가문을 위협하기 위해 쫓아온 팽경빈에게 하북팽가의 무공으로 절망을 안겨 주고 싶었다.

　물론 겉 무늬만 하북팽가의 무공으로 보이게 만들 작정이었다.

　하북팽가의 호련보는 연꽃 위를 뛰어다니는 호랑이를 생각나게 할 만큼 중후함과 화려함이 돋보이는 보법이었다.

　하지만 실속은 전혀 없는 보법으로, 가문의 행사에서 남들에게 보여 주기 위해서 쓰는 무공 중 하나였다.

　말하자면 연회용 무공.

하지만 겉보기에는 호련보이지만, 한빈의 양쪽 다리에는 용린의 기운이 진득하게 흐르고 있었다.

즉 한빈은 호련보 대신, 구걸십팔보보다 패도적인 구룡십팔보를 운용하고 있었다.

겉모양은 콩인데 안쪽에는 팥이 들어 있는 상황이라고 봐도 되었다.

호련보를 펼치는 한빈을 본 팽경빈이 비웃음을 토해 냈다.

"지루하구나, 아우⋯⋯."

하지만 그는 말을 맺지 못했다.

갑자기 눈앞에서 나타난 한빈의 얼굴 때문이었다.

팽경빈은 재빨리 해검을 한 번 흔들었다.

순간 세 개의 줄이 한빈을 향해서 쏘아져 나갔다.

휙!

짓쳐 들던 한빈은 재빨리 원을 그리며 날아오는 줄을 피했다.

그때 세 가닥인 줄 알았던 줄이 하나 더 생겨나더니 한빈이 움직이려던 자리로 날아왔다.

마치 이동 경로를 예상한 듯 그곳으로 화살처럼 날아오는 팽경빈의 한 수.

한빈은 재빨리 몸을 뒤로 젖혔다.

뒤쪽으로 낫처럼 꺾였던 한빈의 몸은 눈 깜짝할 사이에 튀어 올랐다.

그때부터였다.

계속 비슷한 광경이 되풀이되었다.

팽경빈의 날카로운 공격을 한빈이 미꾸라지처럼 피했다.

팽경빈의 해금에서 발출된 줄이 연달아 허공을 때리자, 무의미한 파공성만이 울려 퍼졌다.

텅! 텅!

지금의 상황은 사냥꾼이 사냥감을 구석에 몰아넣기 위해 총력을 다하는 듯 보였다.

하지만 사냥감도 그리 만만해 보이지는 않았다.

뒤쪽으로 물러난 한빈이 고개를 갸웃했다.

"일곱 번을 잡아야 일곱 번을 놔줄 것이 아닙니까?"

"……."

팽경빈은 아무 말 없이 한빈을 쏘아봤다.

이해가 안 되는 것은 바로 한빈의 보법이었다.

미꾸라지처럼 빠져나가는 보법은 누가 봐도 하북팽가의 호련보였다.

쓸모없는 호련보로 저렇게 공격을 빠져나가는 모습은 도무지 이해가 되지 않았다.

그때였다.

한빈은 재빨리 월아를 다시 들었다.

'일촉즉발!'

한빈의 신형이 화살처럼 팽경빈을 향해서 날아갔다.

곧게 뻗은 검에서 푸른 검기가 일렁였다.

물론 겉모양은 하북팽가의 도법 중 하나로 위장했다.

맹호일도라 불리는 도법이었다.

다가오는 검을 본 팽경빈은 고개를 갸웃했다.

이것은 분명히 하북팽가의 맹호일도(猛虎一刀)였다.

맹호일도는 호랑이가 세상을 부수듯 달려드는 형상을 본떠 만든 도법.

맹호일도라는 그럴싸한 이름과는 달리, 이 도법은 허드렛일을 하는 식솔들도 쓰지 않는 초식이었다.

한마디로 쓸모없는 무공 중 하나라는 말이었다.

그런데 그 기세가 심상치 않았다.

팽경빈은 자신도 모르게 뒤쪽으로 물러났다.

하지만 물러나는 속도만큼 다가오는 검의 속도도 **빨라졌**다.

파바박.

뒤로 물러난 팽경빈이 해금을 들었다.

순간 들썩이는 팽경빈의 입술.

해금의 줄이 하나도 남기지 않고 풀렸다.

휘휘힉.

휙.

풀린 줄이 모조리 한빈에게 쏟아졌다.

그러고는 다시 한빈의 검을 잡았다.

순간 팽경빈이 한숨을 삼켰다.

밑천을 보이지 않았다면 지금 순간만큼은 위험하다고 생각했기 때문이다.

그때 한빈이 입을 열었다.

"이제 다섯 번 남았습니다."

처음과 지금을 더하면 두 번이었다. 그러니 칠종칠금의 뜻대로라면 이제 다섯 번이 남은 것이다.

하지만 팽경빈은 고개를 흔들었다.

"미안하구나. 그 약속은 지키지 못하겠어. 일곱 번이나 놔주기에는 부담스럽구나."

자신이 한 말을 접시 뒤집듯 엎는 팽경빈의 모습에 한빈이 웃었다.

"그럼 지금부터 형님을 대신해서 제가 칠종칠금을 시작하겠습니다."

"우습구나."

팽경빈이 어이없다는 듯 웃자, 한빈은 검을 놓고 아무렇지 않게 뒤쪽으로 물러났다.

한빈의 검인 월아는 해금이 발출한 줄에 묶여 있는 상태였다. 하지만 한빈은 아무렇지 않게 검을 포기했다.

툭!

가볍게 한쪽 손을 털기까지 한 한빈.

그 모습에 팽경빈이 고개를 갸웃했다.

검을 두고 검집만 든 채 두 걸음 뒤로 물러난 한빈을 본 팽경빈이 비릿한 미소를 지었다.

검객이 검을 포기한다는 것은 어떤 의미일까?

지금 한빈의 행동은 누가 봐도 패배를 인정한 것이다.

진정한 검객이라면 자신의 목이 달아나기 전까지 검을 손에서 놓지 않는 법.

검객이 아니라 어떤 무인이라도 마찬가지였다.

궁수가 궁을 놓는 것.

도객이 도를 포기하는 것.

자신의 한쪽 팔과도 같은 병장기를 포기하는 것은 싸움을 포기했다고 봐야 했다.

입가에 미소를 띤 팽경빈이 입을 열었다.

"나는 힘을 잃은 사냥감을 쫓는 취미 따위는 없다. 이만 마무리 짓자꾸나. 내가 당한 만큼 지금부터 돌려주겠다."

팽경빈이 해금을 틀어쥐자, 발출되었던 줄이 다시 회수되었다.

순간 허공에서 월아가 힘을 잃고 바닥으로 떨어졌다.

푹!

월아가 바닥에 처박혔다.

하지만 한빈은 바닥에 떨어진 월아는 신경도 쓰지 않고 검집을 움켜쥐었다.

"형님, 유능한 사냥꾼은 말입니다. 사냥감에 따라 도구를 바꾸는 법입니다.”

“하하. 그럼 그 검집이 도구란 말인 게냐?”

“네, 이건 그 해금에 가장 잘 맞는 도구입죠.”

한빈은 팽경빈과 해금을 번갈아 확인했다.

한빈은 이번 격돌을 통해 팽경빈을 완벽하게 분석할 수 있었다.

팽경빈의 모든 초식은 음공으로 이루어져 있었다.

미세하지만 보이지 않는 힘이 한빈의 검을 멈췄다.

검을 멈춘 후 옭아매고 상대를 타격하는 것이 팽경빈이 쓰는 초식의 특징이었다.

모든 초식은 보이지 않는 힘, 음공을 이용하고 있었다.

어찌 보면 해금 자체가 눈속임이었다.

음공을 발현해 내는 도구가 해금이 아니니 말이다.

한빈은 팽경빈과 해금을 번갈아 가면서 봤다.

팽경빈이 들고 있는 해금은 혈금이 확실했다.

한빈은 혈금의 위력에 대해서 귀가 닳도록 들어 왔다.

하지만 그 위력을 몸소 체감한 적은 없었다.

혈금을 마주한 자는 모두 눈이 멀고 귀가 먹었기 때문이었다.

이 때문에 전생에도 혈금에 대해서 구체적으로 진술한 자는 아무도 없었다.

그 혈금이 현생에 다시 나타났으니, 이번만은 혈금에 대해서 정확하게 파악하고 싶었다. 정확히는 혈금이 쏟아 내는 음공의 본질을 알고 싶었다.

그런 이유로 한빈은 혈금이 쏟아 내는 음공에 도망 다니기만 했다. 제대로 된 공격도 해 보지 못한 채 말이다.

결국 한빈은 음공이 악기, 즉 혈금을 통해서 발현되지 않았다는 것을 알아냈다.

한빈은 슬그머니 입꼬리를 올렸다.

팽경빈이 뿜어내는 절대자의 기세를 향해 보이는, 제대로 된 미소였다.

그 모습에 팽경빈이 반응했다.

"오만한 아우를 둔 것을 자랑으로 여겨야 하나?"

"저도 호랑이 같은 형님을 둔 것을 자랑으로 여기겠습니다."

"호랑이라……. 나를 아직도 팽가의 사람으로 생각하는 게냐?"

팽경빈이 묘한 웃음을 보였다.

그 웃음에 한빈이 고개를 끄덕였다.

"호랑이 굴에서 나온 호랑이가 늑대와 어울린다고 해서 그 본질이 바뀌는 것은 아니지 않습니까?"

"그래서 너도 호랑이라고 말하고 싶은 게냐?"

"저는 더 이상 호랑이가 아닙니다."

"다행히도 분수를 아는군. 그것만은 칭찬해 주지."

"저는 호랑이가 아니라 용입니다. 물론 정체를 세상에 드러내지는 않았지만요."

한빈이 피식 웃자, 팽경빈은 어이가 없다는 듯 웃었다.

"내 혈금을 한 번도 제대로 막지 못하면서 용이라⋯⋯."

"그 물건이 혈금이 맞긴 맞았군요."

"혈금을 아느냐?"

"들어는 봤습니다."

"무공은 보잘것없어도 식견은 넓은 모양이군. 그럼 이야기가 간단하겠어."

여전히 한빈은 깔아 보는 팽경빈은 다시 혈금을 들었다.

그 모습을 본 한빈이 검집을 들고 한 발 앞으로 나갔다.

한빈은 혈금은 신경도 쓰지 않고 팽경빈의 입술을 바라봤다.

쏟아 내는 음공은 바로 팽경빈의 입술을 통해서 흘러나왔던 것이다.

은은히 들려오는 휘파람 소리가 음공의 본질.

혈금은 눈속임이 분명했다.

즉 음공을 쏟아 내는 본체는 입술이라는 말이었다.

그때 한빈의 귀에 휘익 하는 소리가 들려왔다.

살짝 벌어진 팽경빈의 입술.

순간 혈금의 줄이 독사처럼 한빈을 향해서 날아왔다.

휘익.

한빈은 검집을 든 채 바닥에 떨어진 천 조각 하나를 잡았다.

한빈이 방향을 바꾸자 다시 미세한 휘파람 소리가 들려왔다.

휘익.

미세한 휘파람 소리에 혈금 줄이 방향을 바꾸었다.

한빈은 아무렇지 않게 손에 든 천 조각을 검집에 감았다.

다른 이들이 보기에 검집은 솜방망이처럼 되어 버렸다.

순간 혈금의 줄이 한빈의 미간을 향해 날아왔다.

한빈은 아무렇지 않게 바닥에 뒹굴었다.

강호인이라면 누구라도 꺼리는 나려타곤(懶驢打滾)의 수법이었다.

글자 그대로 게으른 당나귀가 바닥을 구르는 듯한 모습에, 팽경빈이 입꼬리를 올렸다.

이것이 바로 팽경빈이 원하는 것이었다.

명줄을 끊는 것은 그에게 복수가 되지 못했다.

무인의 마지막 자존심까지 벗겨 버려야 만족할 수 있었다.

그런 팽경빈에게 바닥을 구르는 한빈의 모습은 그 어떤 장면보다 만족스럽게 느껴졌다.

그것도 잠시, 팽경빈은 고개를 갸웃했다.

바닥을 구르던 한빈의 모습이 사라졌기 때문이다.

아무리 봐도 팽경빈의 시야에 한빈은 보이지 않았다.

그때였다.

팽경빈의 뒤쪽에서 산들바람이 불어왔다.

휘릭.

그는 본능적으로 혈금을 들어 뒤쪽으로 휘둘렀다.

순간 혈금에서 발출된 다섯 개의 줄이 앞쪽을 훑었다.

앞쪽에 사람이 있다면 무가 썰리듯 당할 수밖에 없었다.

하지만 전방을 향하던 혈금의 줄은 허공에서 멈췄다.

팽경빈은 눈을 가느다랗게 떴다.

혈금이 발출한 줄을 막고 있는 것은 단검 하나였다.

단검을 들고 있는 것은 한빈.

한빈은 아무렇지도 않게, 왼손으로 무엇이든 베고 무엇이든 구속할 수 있는 혈금을 막고 있었다.

둘 사이에는 잠시 어색한 침묵이 흘렀다.

그 침묵을 깬 것은 한빈이었다.

한빈은 단검, 즉 만월을 털어 냈다.

휙!

만월로 밀쳐 낸 줄은 다시 팽경빈에게 회수되었다.

팽경빈은 눈을 가늘게 뜨고 한빈을 바라보기만 했다.

지금 팽경빈은 혈금에 대한 통제력을 잠시나마 잃었다.

아무리 생각해도 팽경빈은 그 이유를 알 수 없었다.

혈금을 완벽하게 통제하는 데 걸린 시간은 반년.

그 반년 동안 그는 지옥을 경험했었다.

누구보다 더 끔찍한 고통을 겪고서 얻은 것이 바로 혈금을 통제할 수 있는 파음신공(波音神功)이었다.

그런데 지금 파음신공이 혈금에 대한 통제권을 잃었다.

대체 어떻게 된 일일까?

팽경빈은 자신의 오른손에 들린 혈금을 바라봤다.

그는 자신의 수련이 부족한 탓에 통제권을 잃었다고 생각했다.

고개를 흔든 팽경빈은 진지한 표정으로 한빈을 바라봤다.

순간 팽경빈은 다시 입술을 오므렸다.

휘익.

희미한 휘파람 소리가 입술 사이에서 새어 나왔다.

순간 혈금의 줄이 풀렸다.

눈 깜짝할 사이에 줄이 살아 있는 뱀처럼 움직이기 시작했다.

보통 해금의 줄은 두 가닥.

하지만 혈금의 줄은 달랐다. 그 두 가닥이 다시 갈라져 네 가닥이 되고, 그 네 가닥이 갈라져 여덟 가닥이 된다.

성취에 따라서 그 여덟 가닥은 열여섯 가닥이 되기도 한다.

그렇다면 혈금을 통제할 수 있는 파음신공의 한계는 어디까지일까?

팽경빈은 그 정답을 알지 못했다.

혈금을 마주한 적도 세상에 남지 않았지만, 혈금의 주인들도 하나같이 요절했으니 말이다.

왜냐하면 오랜 시간 파음신공을 펼칠 수 없기 때문이다.

파음신공의 원리는 신체를 하나의 악기로 만드는 것.

그렇게 만든 악기와 혈금이 공명하게 만드는 것이 첫 번째 단계였다.

두 번째 단계는 그 공명을 이용해서 혈금의 줄을 자유롭게 사용하는 것이다.

하지만 사람의 몸을 악기로 만든다는 일 자체가 어찌 보면 힘든 일이었다.

악기도 오랜 기간 연주하다 보면 균열이 생길 수밖에 없는 법.

그 균열을 극복하는 비법은 파음신공의 비급에도 나와 있지 않았다.

아마도 혈맥 혹은 몸의 곳곳에 균열이 생기면서 혈금의 주인들은 비참한 최후를 맞았을 것이다.

팽경빈은 이러한 부작용을 막기 위해 부단히 신체를 강화시켰다.

덕분에 지금은 한 시진 동안 파음신공을 펼칠 수 있었다.

지금 남은 시간은 반 시진이었다. 그런데 시간이 되기도 전에 혈금에 대한 통제권을 잃어버린 것이다.

한계에 다다르지 않고서는 생길 수 없는 일이었다.

하지만 자신의 몸에는 이상이 없었다.

그는 통제력을 잃었던 이유가 수련이 부족해서 생긴 실수에 불과하다고 결론 내렸다.

팽경빈은 다시 한번 혈금을 통제하는 데 집중했다.

이제는 숨겨 둔 힘을 서서히 보여 줄 때였다.

휘익.

팽경빈이 내는 휘파람 소리가 더욱 세밀해졌다.

순간 네 개로 나누어져 쏟아지던 줄이 여덟 개로 변했다.

여덟 개의 줄은 팽경빈과 한빈이 선 공간을 모두 장악했다.

혈금에서 발출된 줄은 독사처럼 고개를 처들고 있었다.

혈금이 발출한 줄의 끝에는 삼각형의 자그마한 검은색 추가 달려 있었다.

뾰족한 검은색 추의 끝은, 무엇이든 뚫을 수 있는 창처럼 날카로웠다.

그 모습은 가느다란 실뱀과도 같았다.

무서운 것은 한쪽으로 쏟아져 오는 것이 아니라는 점이었다.

여덟 개의 줄은 사방에서 한빈을 노리고 있었다.

한빈을 둘러싸고 기회만 노리고 있는 여덟 마리의 뱀.

팽경빈은 이제 승부를 낼 때라고 생각했다.

처지를 바꾸어 자신이 혈금이 펼치는 포위망에 갇히게 된다면?

그 어떤 방법으로도 벗어날 수 없었다.

살려고 발버둥을 치느니, 편하게 혀를 깨물고 죽는 게 나을 수도 있었다.

지금부터는 잡아 놓은 사냥감을 해체하는 과정에 들어갈 테니까!

해금이 발출한 여덟 개의 줄은 상대의 혈맥에 파고들 터.

백회혈로 파고든 줄은 백회혈로 나올 것이고, 팔꿈치의 곡지혈로 파고든 것은 가슴의 전중혈로 나올 것이다.

혈맥으로 파고든 선은 상대의 혈맥을 완벽하게 해체하며 고통을 선사한다.

그뿐이 아니었다.

혈맥으로 파고든 여덟 가닥의 실선은 상대의 피를 빨아들인다.

그 피는 주인이 혈금에게 주는 먹이였다.

피를 머금은 혈금은 무인이 수련하듯 강해진다. 그렇게 혈금은 살아 있는 생물처럼 성장한다고, 파음신공에는 적혀 있었다.

팽경빈은 이제부터 작업을 시작하려고 하고 있었다.

한빈은 상대의 예상과는 달리, 왼손에는 단검을 들고 오른손은 뒷짐을 지고 있었다.

누가 보면 승부를 포기했다고 생각할 만한 모습.

그때 한빈이 여덟 줄기로 나뉘어서 쏟아지는 혈금의 공격을 무시하고 천천히 앞으로 나왔다.

그 틈을 타서 뒤쪽을 노리고 있던 줄 하나가 한빈을 향해 달려들었다.

순간 독사처럼 달려들던 줄이 멈췄다.

그 모습을 본 팽경빈의 눈이 한계까지 커졌다.

아마도 통제권을 잃어버린 상황 때문인 듯했다.

그것도 잠시, 팽경빈의 혈금이 다시 움직였다.

이번에는 나머지 일곱 개의 줄이 모두 한빈을 향해서 달려들었다.

순간 한빈은 뒷짐 지고 있던 오른손을 내밀었다.

오른손에는 아까부터 들고 있었던 검집이 들려 있었다.

한빈은 그 검집을 들었다.

마치 남의 일이라도 되는 듯 바라보던 한빈은 독사처럼 날아오는 줄을 향해 손을 뻗었다.

하지만 줄은 살아 있는 것처럼 한빈의 검집을 피해 갔다.

절체절명의 순간, 한빈은 아무렇지 않게 검집을 앞으로 뻗었다.

스윽.

빠르지도 않고 힘이 실려 있지도 않은 단순한 동작이었다.

누가 봤다면 파리를 잡는 듯한 모습과도 같았다.

그렇게 한빈은 검집을 들고 앞쪽을 향해 휘휘 저었다.

그때였다.

한빈을 향해 달려오던 줄이 모두 멈추었다.

한빈은 조용히 팽경빈을 보며 어깨를 으쓱했다.

그 모습에 팽경빈의 표정이 급격하게 굳어졌다.

상대의 표정을 확인한 한빈은 이해한다는 듯 고개를 끄덕였다.

"이상하지요?"

"……."

팽경빈은 답할 수 없었다.

이번에도 혈금을 통제하지 못했다. 이것은 반년간의 수련 기간 동안 한 번도 일어나지 않는 일이었다.

해금을 통제한다는 것은 악기를 연주하는 것과 같았다.

어떤 악기든 처음 접하면 소리를 내기조차 힘들다.

하지만 그 악기에 익숙해지면 눈을 감고도 연주할 수 있는 법이다.

그런데 또다시 실수했다.

그때 한빈이 다시 물었다.

"이상하지요?"

"……."

팽경빈이 아무 말 없이 혈금을 잡은 손을 움찔거리자, 한빈이 말을 이었다.

"혈금의 비밀은 모두 알아냈습니다."

"지금 뭐라고 했느냐?"

"혈금의 비밀은 모두 알아냈다고 했습니다."

"흠."

팽경빈이 눈을 가늘게 뜨며 작은 신음을 토해 냈다.

사실 한빈은 효과적으로 음공을 사용하는 방법을 누구보다 잘 알고 있었다.

어떤 고수라도 음공을 막는 것은 불가능했다.

자신의 무위만 믿고 음공에 맞선다면 기다리는 것은 처참한 패배라는 것을 한빈은 경험으로 알고 있었다.

그렇다면 음공을 상대하는 가장 좋은 방법은 무엇일까?

바로 소리를 흡수하는 것이다.

모든 소리가 아닌 바로 음공의 본질만을 말이다.

쌍방 과실

한빈이 검집을 파리채처럼 휘두른 것은 바로 혈금과 이어진 소리를 흡수하기 위해서였다.

한빈은 다시 천에 둘러싸여 솜방망이처럼 변해 버린 검집을 들었다.

물론 한빈은 검 대신 잡은 검집을 섣불리 움직이지 않았다.

그때 휘익 하고 휘파람 소리가 들려왔다.

순간 한빈이 검집을 뻗었다.

휙!

그때부터였다.

한빈은 팽경빈의 휘파람 소리에 맞춰 검집을 휘둘렀다.

계속해서 들리는 미약한 휘파람 소리.

휘익.

휘파람 소리를 따라 혈금에서 피어 나온 선이 다시 움직인다.

주르륵.

하지만 한빈은 계속해서 검집을 휘둘렀다.

탁. 탁.

검집을 휘두른 방향은 허공.

그때마다 혈금에서 발출된 줄이 동작을 멈췄다.

팽경빈은 공격을 멈추고 한빈을 쏘아봤다.

"무슨 이상한 수법을 쓰는 거지?"

"혈금을 든 형님이 하실 말씀은 아니죠. 혹시 형님은 소리를 볼 수 있으십니까?"

"……."

팽경빈은 고개를 갸웃했다.

그것도 잠시, 그는 이를 악물었다.

한빈이 놀린다고 생각했기 때문이다. 음공은 그 투로가 눈에 보이지 않기에 무섭다.

그런데 소리를 본다고?

그런 일은 있을 수 없었다.

"소리를 본다는 말을 내가 믿을 것 같으냐?"

"그게 사실이라면 어떻게 하겠습니까? 그 혈금을 제게 주시겠습니까?"

"오냐. 그게 사실이라면 기꺼이 내어 주지."

말을 마친 팽경빈이 한빈을 노려봤다.

신선이 와도 소리를 보는 것은 불가능했다.

그런데 이상한 것은 혈금을 조종하기 위해서 부는 휘파람 소리의 경로를 한빈이 정확히 막고 있다는 점이었다.

순간 팽경빈은 눈을 빛냈다.

한빈의 수법을 알 것만 같아서였다.

휘파람이 음공이고 그 음공이 혈금을 조종한다는 것을 알아냈다면? 한빈이 음공의 경로를 막는 것도 이해가 되었다.

팽경빈은 조용히 한쪽 팔을 들어 입을 가렸다.

그러고는 휘파람을 불자 혈금에서 발출된 줄이 쏘아져 나갔다.

휘릭.

이전과 다른 점이라면 목표를 향하던 줄이 멈추지 않는다는 것.

팽경빈은 입꼬리를 올렸다.

적의 시야를 속이면 음공이 향하는 방향도 알 수 없을 터.

이제 남은 것은 참교육이라고 생각했다.

멈추지 않고 화살처럼 날아가던 줄이 한빈이 있던 벽 쪽에 박혔다.

파박!

하지만 한빈은 그 자리에 없었다.

눈 깜짝할 사이에 다른 공간으로 이동했다.

한빈이 이동한 곳은 내공을 겨루고 있는 장무광과 장이연이 있는 쪽이었다.

한빈은 그쪽으로 다가가서 재빨리 장무광과 장이연의 마혈을 제압했다.

순간 둘이 힘을 잃고 바닥에 쓰러졌다.

그 모습에 팽경빈이 물었다.

"적군과 아군을 구별 못 하는 게냐?"

"개똥도 약에 쓰려면 구하기 힘든 법이죠. 여기 있는 장무광이 그런 자입니다. 혹시라도 형님의 공격에 다치면 제가 곤란합니다."

"그럼 그자는 왜 재운 것이냐?"

"싸움이 거칠어질 것 같아서 재웠습니다."

"여전히 입은 살아 있군. 내 그 입을 재워 주겠다."

"칭찬으로 듣겠습니다."

말을 마친 한빈은 쓰러진 둘을 바라봤다.

한빈의 말은 진심이었다. 장이연을 그냥 놔둔다면 아마도 계속 미쳐 날뛸 터.

그냥 놔두면 이번 싸움에 방해가 될 것이 뻔했다.

거기에 더해 장무광의 존재도 신경을 써야 했다.

지금까지 팽경빈과 장무광의 관계를 보면 모종의 계약이

오간 것이 분명했다.

그런데 장무광이 죽게 되면 팽경빈과 만검문의 관계는 수면 아래로 숨게 된다.

이번 사건이 끝나면 그들의 관계를 무림에 알리기로 했다.

팽경빈과 관계된 모든 문파를 정리하기로 한 것.

둘을 잠재운 한빈은 재빨리 검집을 들어 앞쪽 공간을 갈랐다.

휙!

전광석화를 통해 한껏 속도를 높인 한 수였다.

그때 팽경빈의 휘파람 소리가 울렸다.

휘익.

픽!

허공에서 묘한 소리가 울려 퍼졌다.

눈에 보이는 것이라고는 없는데 한빈은 공간을 가른 것이다.

픽! 픽!

그때마다 달려오던 줄이 멈추었다.

한빈은 검집을 탁탁 털며 팽경빈을 향해 걸어갔다.

순간 팽경빈이 눈을 크게 떴다.

소매로 입을 가려서 시야를 막았는데도 한빈이 소리의 방향을 모두 읽고 있기 때문이다.

이것은 불가능한 일이었다.

점점 다가오는 한빈, 그에 반해 팽경빈은 천천히 뒷걸음질 쳤다.

뒤쪽으로 물러나던 팽경빈은 옆을 힐끔 돌아봤다.

일 층에 남아 있는 백의 무복 무사들에게 도움을 청하기 위함이었다.

하지만 그들은 꿈쩍도 하지 않았다.

그들은 마치 남의 일이라는 듯 모두 팔짱을 끼고 있었다.

팽경빈이 계속 쏘아보자, 그들은 일제히 출입문을 막고 있는 백색 무복 여인을 바라봤다.

아마도 여인이 그들의 수장인 듯싶었다.

팽경빈이 그들을 향해 외쳤다.

"모두 나를 도와라!"

"이곳을 막는 게 우리의 계약입니다."

출입문을 막고 있는 백의 무복 여인이 답했다.

그들의 대화에서 한빈은 팽경빈과 무사들이 주종 관계가 아닌 계약 관계라고 확신했다.

천외천급 구결 흔적을 가지고 있는 무인이 계약 관계로 얽혀 있다고?

한빈은 일단 무사들에게 신경을 껐다.

그들의 말대로라면 둘의 대결에 끼어들지 않을 것이 분명했다.

계속해서 혈금에서 줄이 날아왔다.

마치 여덟 명이 동시에 공격하는 듯한 기괴한 광경.

하지만 뾰족한 촉을 달고 있는 줄은 번번이 한빈의 코앞에서 멈췄다.

한빈은 조용히 주변을 둘러봤다.

실제로 한빈은 소리의 경로를 정확하게 보고 있었다.

어떻게 이런 것이 가능한 것일까?

한빈은 눈이 아닌 기감으로 음공의 경로를 파악하고 있었다.

지금 이곳에는 용린의 기운이 미세하게 퍼져 있었다.

한빈이 퍼뜨려 놓은 것이 아닌, 장이연이 손에 끼고 있는 수투, 즉 만향수에서 흘러나온 기운이었다.

만향수는 용린의 기운을 계속해서 뿜어내고 있었다.

한빈은 그 기운을 흡수하지 않고 그대로 두었다.

바로 지금 같은 상황을 위해서였다.

용린의 기운이 실내에 가득 퍼져 있으니, 눈을 감고서도 모든 경로를 파악할 수 있는 것은 당연했다.

그것이 사물이 아닌 소리라도 똑같았다.

소리가 퍼져 나가기 위해서는 공간을 흔들어야 하는 법.

그 공간을 장악하고 있는 것은 미세하게 퍼져 있는 용린의 기운이었다.

물론 그 용린의 기운만을 가지고 적을 섬멸할 수는 없었다.

하지만 적의 작은 움직임을 파악하는 것은 일도 아니었다.

탁.

한빈이 다시 날아오는 음공을 차단했다.

혈금에서 발출한 선이 다시 힘을 잃고 꼬꾸라졌다.

뒤로 주춤주춤 물러나던 팽경빈이 어딘가를 바라봤다.

바로 장무광과 장이연이 쓰러져 있는 곳이었다.

그곳을 본 팽경빈이 의미심장한 표정을 지었다.

동시에 그의 입술 사이에서 휘파람 소리가 새어 나왔다.

휘익!

혈금에서 여덟 가닥의 줄이 쏜살처럼 날아갔다.

다만 방향이 이상했다. 줄은 한빈이 아닌 장무광과 장이연이 있는 쪽으로 향했다.

한빈이 재빨리 몸을 날리며 손을 뻗었다.

탁!

한빈은 날아오는 여덟 개의 줄 중 반을 쳐 냈다.

순간 네 개의 줄이 장무광의 등에 박혔다.

푹. 푹!

장이연을 끌고 나온 한빈은 고개를 갸웃했다.

혈금에서 발출된 줄 네 개의 색깔이 변하고 있었다. 그것뿐이 아니었다.

혈금에서 발출된 네 개의 줄은 굵기까지 변하고 있었다.

그에 비해서 혈금과 줄로 연결된 장무광은 숨을 헐떡이고 있었다.

혈금의 공격 때문일까?

장무광이 점혈에서 벗어나 조금씩 꿈틀댔다.

그는 힘겹게 고개를 들어서 팽경빈을 바라봤다.

"이, 이게 무슨 짓이오? 날 도와준다고 하지 않았소?"

"서로 돕겠다고 했지, 돕기만 한다고는 안 했다."

"그, 그게 무슨……."

"이번에는 네가 날 좀 돕거라. 이제는 만검문도 밥값을 해야지."

팽경빈의 입꼬리가 보기 좋게 올라갔다.

순간 한빈의 눈이 커졌다.

팽경빈에게 보이는 천외천급 구결의 수가 늘어났기 때문이다.

하나였던 구결의 수가 이제는 두 개가 되었다.

대체 어떻게 된 것일까?

적이 강해지는 것은 원치 않으나, 구결의 수가 늘어나는 것은 한빈도 바라던 바였다.

그때 장무광이 고개를 떨구었다.

숨소리가 나는 것을 봐선 아직 살아 있는 것이 분명했다.

장무광이 고개를 떨구자, 발출되었던 선이 다시 혈금으로 돌아왔다.

동시에 슬며시 올라가는 팽경빈의 입꼬리.

순간 팽경빈이 등에서 긴 꼬챙이를 하나 꺼냈다.

자세히 보니 꼬챙이가 아니라 활대였다.

활대는 해금을 켜기 위한 도구.

이제까지 안 꺼내던 활대를 꺼낸 이유가 과연 무엇일까?

그 의문은 바로 풀렸다.

팽경빈은 활대를 해금 줄에 대었다.

해금의 줄은 이미 붉은색으로 변해 있었다.

색깔만 변한 것이 아니라 굵기도 굵어졌다.

마치 통통하게 살이 오른 거머리와 같은 느낌마저 들었다.

혈금을 관찰하던 한빈이 눈을 가늘게 떴다. 혈선으로 변한 줄이 마치 살아 있는 듯 보였기 때문이었다.

누가 봐도 마기가 서려 있는 물건.

혈금을 마주한 한 자 그리고 다루던 자가 세상에 없다는 것은 어찌 보면 당연한 일이었다.

팽경빈이 혈선을 활대로 그었다.

끼익!

이전과는 전혀 다른 소리가 흘러나왔다.

그 소리는 누가 들어도 이상하게 들렸다.

마치 짐승의 울음소리와도 같았다.

끼익!

다시 해금에서 소리가 들려왔다.

끼익! 끼익!

연달아 울리는 기분 나쁜 해금 소리.

그 해금 소리에 주변을 지키던 백색 무복의 무사들이 반응했다.

아마도 그들은 혈금의 변화를 두려워하는 것 같았다.

그때 출입문을 지키는 여인이 외쳤다.

"모두 물러난다!"

"존명."

나머지 무사들이 여인을 향해 고개 숙였다.

그들은 재빨리 일 층의 구석으로 몸을 숨겼다.

여인은 씁쓸한 웃음을 삼키며 검을 들었다.

그 검은 누군가를 치기 위해서가 아닌 것 같았다.

그녀는 검을 들고 눈도 깜빡이지 않고 상황을 주시하기 시작했다.

기분 나쁜 소리에도 불구하고, 백색 무복 무사들과는 달리 한빈은 재빨리 간격을 좁혔다.

점점 좁혀지는 간격에도 팽경빈은 반응하지 않았다.

기분 나쁜 소리가 흘러나오는 혈금만을 연주할 뿐이었다.

끼익!

세 걸음, 두 걸음!

간격은 좁힌 한빈이 재빨리 검집을 뻗었다.

순간 혈금의 몸체, 즉 공명통에서 붉은 줄기가 흘러나왔다.

마치 혈금의 모든 줄을 하나로 꼬아 놓은 듯한 모습의 붉은 동아줄이었다.

붉은 동아줄은 맹렬한 기세로 한빈의 가슴을 노렸다.

맹렬하게 다가오는 공격에도 한빈은 내뻗는 검집을 멈추지 않았다.

누가 봐도 한빈이 손해 보는 장사였다.

검집으로 상대를 가격한다고 해도, 상대방이 입는 피해는 그리 크지 않을 터였다.

그에 반해 붉은 동아줄은 누가 봐도 위협적이었다.

순간 한빈이 재빨리 용림검법의 초식을 떠올렸다.

'쾌검난마!'

마기에 특화된 용린검법의 초식이었다.

한빈의 검집이 팽경빈의 어깨에 파고들었다.

그곳은 바로 새로운 천외천급 구결이 일렁이던 곳.

[용안으로 구결을 확인합니다.]

글귀가 나타났다. 한빈의 이번 한 수가 적중했다는 증거였다. 하지만 글귀를 태연하게 확인할 시간은 없었다.

가슴으로 날아온 팽경빈의 공격 때문이었다.

한빈의 검집이 팽경빈의 어깨를 찍는 동시에, 붉은 동아줄이 한빈의 가슴을 파고들었다.

누가 봐도 한빈이 낭패를 당한 모습이었다.

하지만 한빈은 아무렇지 않게 왼손을 털었다.

휙!

한빈의 왼손에는 만월이 들려 있었다.

한빈이 쾌검난마의 초식을 만월에 불어 넣었던 것이다.

혈금의 공명통에서 튀어나온 동아줄은 만월에 의해 동강이 나 있었다.

토막 난 동아줄은 바닥에 튕기며 기분 나쁜 소리를 토해 냈다.

끼익!

한빈은 바닥에서 꿈틀거리는 동아줄을 바라봤다.

꿈틀대던 동아줄이 튀어 오르더니 다시 본래의 자리에 붙었다.

동아줄을 보던 한빈은 그것이 살아 있음을 확신했다.

한빈은 기감을 최대한으로 끌어올려 혈금의 움직임에 집중했다.

순간 한빈은 눈을 크게 떴다.

혈금이 통째로 미세하게 움직이고 있었다.

혈금 전체가 생물이라는 뜻이었다.

한빈은 잠시 뒤로 물러나 허공에 뜬 용린검법을 확인했다.

[천외천급 구결, 무(霧)를 획득했습니다.]

[천외천급 : 오(五), 중(中), 무(霧)]

글귀를 확인한 한빈은 다시 팽경빈과 혈금을 보았다.

그의 몸에는 천외천급 구결의 흔적이 하나 더 남아 있었다.

한빈은 검집을 바닥에 꽂고 월아를 다시 잡았다.

'부창부수.'

두 개의 무공을 동시에 펼칠 준비를 한 한빈은 천천히 팽경빈을 향해 다가갔다.

한빈이 집중하고 있는 것은 팽경빈이 아니었다.

싸울 상대가 팽경빈이 아닌 혈금이라는 것을 직감하게 된 것이다.

살아 있는 해금이라?

마물이 아니라 요물이라고 해야 적당할 터였다.

팽경빈은 잘린 혈금의 현을 보고 어깨를 떨었다.

이것은 어찌 보면 자신의 마지막 한 수였다.

그런데 아무렇지 않게 상대가 막은 것이다.

순간 팽경빈의 가슴속에서 알 수 없는 감정이 꿈틀댔다.

팽경빈 자신도 이 감정이 무엇인지 알지 못했다.

불꽃처럼 일렁이는 감정은 순식간에 그의 머리를 지배했다.

팽경빈은 그제야 그 감정이 분노라는 것을 깨달았다.

바로 자신의 인생을 송두리째 빼앗아 간 동생에 대한 분노.

동생인 한빈만 아니었다면 그는 하북팽가의 소가주가 되어서 하북팽가의 미래로 추앙받으며 편히 살았을 터였다.

　그런데 미꾸라지 한 마리가 가문을 흩트려 놓더니, 끝내는 그의 인생까지 망쳐 놓았다.

　한빈만 아니었다면 그는 가문을 떠나 개고생을 하지 않았을 터였다.

　거기에 더해 무공을 익히면서 당했던 지옥과 같은 경험도 하지 않았을 터였다.

　그런데 지금 또 자신의 앞길을 막고 있다.

　자신이 부르지도 않았는데 나타나서는 말이다.

　자신이 그물을 완성하기도 전에 나타나다니!

　팽경빈의 눈에 불꽃이 일렁거렸다.

　추상적인 의미가 아니라 진짜로 불꽃이 일렁거렸다.

　물론 자세히 보면 진짜 불꽃은 아니었다.

　그것은 바로 실핏줄이었다.

　실핏줄이 눈동자로 번지며, 팽경빈의 눈을 붉게 물들였다.

　급기야는 팽경빈의 눈에서 핏물이 흘러내렸다.

　피눈물이라고 해도 될 정도였다.

　이것은 주화입마의 증상 중 하나였다.

　주화입마에 들 정도로 팽경빈은 분노하고 있었다.

　피눈물을 쏟아 내던 팽경빈이 활대를 쥔 손을 부들부들 떨었다.

연주를 하기 위해서가 아니라, 자신도 모르게 몸을 떨었다.

그때였다.

팽경빈의 귓가에 환청이 들렸다.

그것은 사람의 목소리가 아니었다.

우우웅.

그것은 울림이었다.

팽경빈은 혈금을 바라봤다.

우웅.

혈금은 그에게 말하고 있었다.

우웅.

비록 인간의 언어가 아닌 울림이지만, 팽경빈은 그 뜻을 알 수 있었다.

그는 혈금의 주인이니까.

혈금은 몸을 바치면 상대를 죽여 주겠다고 말하고 있었다.

몸을 바친다는 의미가 무엇일까?

팽경빈은 자신의 생존과 상대에 대한 분노 사이에서 갈등했다.

순간 자신을 향해 다가오는 한빈의 모습이 눈에 들어왔다.

팽경빈은 감정의 무게 추가 한쪽으로 기울어짐을 느꼈다.

그는 조용히 고개를 끄덕였다.

"알았다!"

그와 동시에 혈금이 기괴한 울음을 토해 냈다.

꺼억!

한빈은 걸음을 멈추고 상대를 바라봤다.

상대의 얼굴이 기괴하게 뒤틀렸다.

우는 것도 아니고 웃는 것도 아닌 얼굴로 혈금을 끌어안고 있었다.

혈금을 끌어안은 팽경빈은 한빈을 바라봤다.

그것은 인간의 눈빛이 아니었다.

혈금의 통제권을 잃어버린 것도 모자라, 반대로 꼭두각시가 된 것이 분명했다.

그게 한시적인지 영구적인지는 한빈도 알 수 없었다.

그때였다.

부들거리는 혈금이 묘한 붉은색 연기를 뿜어냈다.

스스슥.

혈금의 공명통에서 뿜어져 나오는 붉은색 연기.

공명통과 연결된 기다란 줄이 나풀거렸다.

마치 나풀거리면서 붉은색 연기를 뿜어내는 듯 보였다.

붉은색 연기가 위쪽 야명주에 닿았다.

바로 야명주는 빛을 잃었다.

순간 한빈은 재빨리 숨을 막고 기막을 펼쳤다.

하지만 붉은 연기는 기막을 넘어 날아왔다.

정확히는 기막을 녹이고 스며들었다고 봐야 했다.

한빈은 재빨리 물러났다.

뒤쪽에서는 백색 무복의 고수들이 당황한 듯 여인의 지시를 기다리고 있었다.

"사저, 이제는 피해야 합니다."

"일단 상황을 지켜보거라. 지금부터 숨을 참는다."

"알겠습니다."

그들은 여인에게 고개를 숙였다.

한빈은 귀를 쫑긋했다. 그들의 대화를 들어 보니, 묘하게 정파의 인물이라는 느낌이 들었다.

정파가 팽경빈과 계약관계에 있다고?

과연 그들의 정체는 무엇일까?

하지만 지금은 눈앞에 있는 붉은색 연기가 문제였다.

한빈은 다가오는 붉은색 연기를 만월로 그었다.

스윽.

붉은색 연기가 순간 갈라졌다.

그것도 잠시, 붉은색 연기는 다시 뭉쳐 하나의 모양을 만들어 냈다.

그 모양을 보니 묘한 느낌이 들었다.

붉은색의 꽃잎이 일렁이는 느낌이 들었다.

그 꽃잎은 일 층을 가득 채웠다.

가득 채운 꽃잎은 향기를 피워 냈다. 하지만 한빈은 그 향기를 맡을 수 없었다.

아니, 철저히 숨을 참고 있었다.

이것은 보통의 향기가 아니라 독향(毒香)이기 때문이다.

그 증거로 한빈의 용린검법 기본 구결 중 회복을 뜻하는 복(復)이 실시간으로 줄어들고 있었다.

[복(復) : 구십일(九十一)]
[……]
[복(復) : 팔십오(八十五)]

그때였다.

구석에서 숨을 참고 있던 무인 중 하나가 쓰러졌다.

털썩!

다른 이상은 없이 수혈을 제압당한 것처럼 깊이 잠든 것만 같았다.

한빈은 처음 접해 보는 독향이 사람을 잠재우는 형태의 독이라고 확신했다.

그렇다면?

한빈에게는 정신을 잃더라도 싸울 수 있는 숨겨 둔 한 수가 있었다.

한빈은 용린검법 중 하나의 초식을 떠올렸다.

비몽사몽(非夢似夢)!

동시에 다가오는 붉은색 연기를 향해 걸어 들어갔다.

천천히 독향을 품은 독연 속으로 걸어가던 한빈은 깊게 숨을 들이쉬었다.

"후우."

그 모습을 보던 백색 무복의 무사들이 눈을 크게 떴다.

한빈의 모습은 누가 봐도 자살행위였기 때문이다.

그들은 그 독이 얼마나 무서운지 알고 있었다.

그 독을 접한 이들은 누구라도 정신을 잃게 된다.

그 후에는 혈금의 주인에게 처분을 맡겨야 한다.

그때였다.

여인이 눈을 크게 떴다.

붉은 독연 속으로 들어간 사내 때문이었다.

사내는 붉은 독연을 혼자서 다 들이마시고 있었다.

"대체 저건……."

여인뿐 아니라 여인의 사제들도 마찬가지로 눈을 크게 떴다.

덕분에 붉은 독연은 자취를 감추었다.

하지만 그 자리에서 나타난 것은 기괴한 모양을 한 사내였다.

사내의 가슴에는 혈금이 찰싹 들러붙어 있었으며, 그는 활대를 검처럼 잡고 있었다.

거기에 얼굴과 피부는 모두 붉게 변해 있었다.

그는 바로 팽경빈이었다.

백색 무복의 무사들이 가장 두려워하는 광경이었다.

검과 신체가 하나가 되면 상상치도 못한 위력을 발휘한다. 이를 무림에서는 검신합일(劍身合一)이라고 부른다.

물론 검신합일은 상징적인 표현이었다.

실제로 검과 신체가 하나가 되는 것은 불가능한 일이니까.

하지만 그들은 병장기와 몸이 하나가 되는 현상을 직접 목격했다.

병장기와 몸이 실제로 하나가 된 무사는 화경의 고수를 아득히 뛰어넘을 정도의 무위를 발휘하였다.

여기서 한 가지 문제가 생겨난다.

그렇게 병장기와 하나가 된 무사는 더는 사람이 아니었다.

살육에 미친 마물이라고 해야 했다.

여인은 조용히 숨을 참았다.

이제 살육이 시작될 것이기 때문이었다.

그 살육의 첫 번째 재물은 당연히 사내가 될 터.

하지만 여인은 사내에게 한 가지 기대를 하고 있었다.

붉은 독연을 다 들이마실 정도라면 대책이 있으리라 생각한 것이다.

그때였다.

붉게 변한 팽경빈이 천천히 사내에게 다가갔다.

쯔윽쯔윽.

보통의 발소리와는 달리, 그 걸음걸음이 불쾌한 소리를 냈다.

마치 끈끈이를 뗐다 붙였다 하는 소리 같았다.

여인은 사내를 유심히 보았다.

사실 여인은 팽경빈의 승리에는 관심이 없었다.

그들이 맡은 임무는 이 객잔을 통제하는 것.

그게 바로 그들이 부여받은 임무이자 계약의 내용이었다.

여인은 고개를 돌렸다.

팽경빈과 맞서는 사내의 눈을 봤기 때문이다.

사내의 눈은 벌써 감겨 있었다.

독연에 당했다는 뜻이었다. 그렇다면 사내의 운명은 뻔했다.

그것도 잠시, 여인은 눈을 가늘게 떴다.

독연에 당해 잠이 든 것치고는 사내가 꼿꼿이 서 있기 때문이었다.

순간 여인이 숨을 죽였다.

잠든 듯 보였던 그가 움직였다.

사내의 움직임은 마치 야수와 같았다.

동작 하나하나가 직선으로 움직였다.

상대의 급소를 향해서 말이다.

이것은 무공이 아니었다.

맹수가 먹잇감을 보고 이빨을 드러내는 것처럼 자연스러운 동작이었다.

물론 혈금과 하나가 된 팽경빈도 마찬가지였다.

그는 활대를 들고 한빈을 향해 다가갔다.

그때 한빈의 검이 스르륵 움직였다.

횡으로 정면을 가르는 한빈의 검은, 마치 대지를 휩쓰는 태풍과도 같았다.

그때 팽경빈의 몸이 특이하게 꺾였다.

인간으로서는 나올 수 없는 각도로 몸을 꺾어 공격을 피한 팽경빈이 다시 방아깨비처럼 튀어 올랐다.

튕겨 오른 팽경빈이 허공에서 아래로 활대를 내밀었다.

위쪽에서 내려오는 활대를 본 한빈이 검을 찔렀다.

한빈의 검과 활대의 끝이 맞물렸다.

마치 음식을 씹는 치아가 맞물리듯 자연스럽게 말이다.

맞물린 활대와 검은 잠깐 멈췄다.

그때 한빈이 단검을 움직였다.

혼원벽력도의 묘리가 실려 있는 검이었다.

휘익.

간단한 베기지만, 상대의 혼을 날려 버릴 것만 같은 기세가 뿜어져 나왔다.

하지만 팽경빈은 그 자리에 없었다.

전후좌우.

그 어디에도 팽경빈의 모습은 보이지 않았다.

순간 위쪽에서 강렬한 기세가 쏟아졌다.

우웅.

팽경빈은 위쪽 천장에 붙어 있었다.

그것도 활대를 잡은 오른손을 빼고 나머지 두 발과 한 손을 천장에 붙인 채 말이다.

그 모습을 본 여인은 눈을 비볐다.

그는 지금의 광경을 이해할 수 없었다.

사람의 상식으로는 이해할 수 없는 무공이었다.

아니, 무공이라고 보기에는 순수한 싸움에 가까웠다.

하지만 그 단순한 움직임 속에 무공의 본질이 녹아 있었다.

여인은 자신도 모르게 이를 꽉 깨물었다.

둘의 대결을 보자 벽이 느껴졌다.

여인은 자신의 눈으로는 지금의 승부가 어디로 갈지 전혀 예측할 수 없었다.

짐승들의 대결이라고 해야 할지?

아니면 신선들의 대결이라고 해야 할지? 그 정의조차 모호했다.

순간 묘한 소리와 함께 둘이 동시에 물러섰다.

쩌적.

객잔의 이 층.

아래층의 소동에도 아랑곳하지 않고 설화와 흑천의 대결

이 이어졌다.

자욱한 연기 덕분에 서로를 알아볼 수 없는 상황.

설화는 상대를 향해 손 속을 두고 있었다.

그들이 흑천일 가능성이 컸기 때문이다.

설화는 재빨리 고개를 돌렸다.

아무래도 숨겨 둔 한 수를 써야 할 것 같았다.

설화는 재빨리 품속에서 자그마한 뿔피리 하나를 꺼냈다.

그때 설화의 미간을 향해서 표창 하나가 섬광을 번뜩이며 날아왔다.

휙!

설화는 아무렇지 않게 소맷자락으로 표창의 방향을 바꾸었다.

막으려고 하는 것이 아닌, 방향만 바꾸는 간단한 수법. 한빈에게서 배운 효율성이었다.

하지만 표창은 쉬지 않고 날아왔다.

마치 상대의 시선을 분산시키는 동시에 힘을 빼려는 의도 같았다.

설화는 이런 수법을 알고 있었다.

이러한 수법은 다름 아닌 설화가 직접 수하들에게 가르친 것이니까.

설화는 이제 그들이 흑천의 살수라는 것을 완전히 확신했다.

설화가 말한 확신은 그들이 배신자가 아니라는 뜻이다. 배신자는 흑천의 식구라고 말할 수 없으니 말이다.

하지만 언제까지 상대의 수법에 놀아날 수는 없는 법.

설화는 아무렇지 않게 빼곡히 날아오는 암기를 피했다.

설화의 뒤에는 수많은 구경꾼이 있었으며, 장무희 또한 있었다.

표창은 벌 떼처럼 정신없이 날아왔다.

정확히 말하면 녹색의 벌 떼였다.

암기의 끝에 독을 묻혀 놨기 때문일 것이다.

뒤쪽에 있던 장무희는 자신도 모르게 눈을 크게 떴다.

기세 좋게 날아드는 암기를 쳐 낼 자신이 없었다.

혼자 피하기는 쉬웠으나, 자신이 피한다면 구경꾼들은 그대로 즉사할 것이었다.

세 걸음, 두 걸음.

암기들이 그들을 덮치려 할 때였다.

암기는 그물에 걸린 것처럼 허공에 멈췄다.

순간 장무희는 눈을 크게 떴다.

허공에 멈춘 암기의 색이 변했기 때문이다. 기분 나쁜 녹색 기운을 띠었던 암기는 평범한 쇳덩이로 점점 변해 갔다.

그것도 잠시, 암기는 힘을 잃었다.

후두둑.

바람에 흩날리는 볍씨처럼 암기들이 힘을 잃고 바닥에 나뒹굴었다.

장무희는 자신도 모르게 눈을 비볐다.

꿈이 아닌가 하는 의심이 들어서였다. 이곳에는 사람들을 구할 고수가 보이지 않았다.

그나마 고수라고 할 수 있는 설화라는 아이는 살수들의 공격이 무서워 몸을 피했는지, 이미 모두의 시야에서 사라져 있었다.

그렇다면?

장무희는 조용히 시선을 돌렸다.

그녀의 시선이 향한 곳에는 설화보다 더 어려 보이는 소녀가 있었다.

바로 청화라는 아이였다.

청화는 구경꾼들의 가장 앞에 서서 날아오는 허공을 바라보고 있었다.

분명히 조금 전까지 암기가 날아오던 방향이었다.

장무희는 한 가지 가정을 해 보았다.

그것은 청화라는 아이가 암기를 막았을지도 모른다는 가정이었다.

장무희는 조용히 떨어진 암기를 바라봤다.

암기의 독은 완전히 제거되어 있었다.

기막을 펼쳐 암기를 막는 동시에 암기에 묻은 독기까지 순식간에 해독했다고?

장무희는 자신도 모르게 혼잣말을 뱉었다.

"사천당가?"

그때 앞을 바라보던 청화가 고개를 돌렸다.

"맞아요. 헤헤."

어린아이처럼 웃는 청화의 미소에, 장무희는 입을 벌렸다.

방금 청화는 호흡조차 흐트러지지 않았었다.

장무희는 조용히 고개를 저었다.

사천당가 출신이라고 해도 불가능한 일이었다.

하지만 청화라는 아이 말고는 이런 일을 할 자는 이곳에 아무도 없었다.

나머지 사람들은 모두 뒤로 물러난 지 오래였기 때문이다.

그때였다.

다시 암기가 날아왔다.

갑작스러운 상황에 놀라던 살수들이 다시 암기를 던지기 시작한 것이다.

휙. 휙!

그 모습을 본 장무희가 청화에게 외쳤다.

"조심……!"

다급했던 장무희의 얼굴이 경외감으로 물들었다.

날아오는 암기를 향해서 가볍게 손을 뻗은 청화의 모습 때문이었다.

장무희는 청화가 애초에 기막 같은 것을 펼치지 않았음을 알 수 있었다.

청화가 펼치는 한 수는 허공섭물에 가까웠다.

장무희가 본 대로, 청화는 독막을 펼치지 않았다.

그저 암기에 묻은 독을 회수했을 뿐이었다.

청화의 공독지체는 최근 발전을 이루었다.

독을 담아 놓을 수 있는 몸속의 그릇도 커진 상태였다.

그들이 암기에 독을 발라 놓지만 않았어도 청화가 이리 쉽게 공격을 막지는 못했을 것이다.

상식적으로 납득되지 않는 상황이지만, 청화는 달랐다.

보통 암기보다 독을 발라 놓은 무기가 더 처리하기 쉬웠다.

그만큼 독에 대한 통제가 가능해진 것이었다.

청화가 세상에 힘을 완전히 드러낸다면, 독왕이라는 칭호로는 부족할 정도였다.

물론 청화는 자신의 이런 힘을 전혀 인지하지 못하고 있었다.

그저 한빈 그리고 설화와 지내는 하루하루가 행복하기 때문이었다.

가문이나 강호 따위는 이미 머릿속에 없었다.

청화는 이미 설화와 함께 천수장의 옆에 점포를 사들여 놨다.

설화가 열 당과 가게 옆에, 청화는 조그마한 떡집을 차릴

터였다.

물론 그 떡집에서 나오는 떡 중 반은 자신의 몫이었다.

남들이 보기에는 백척간두의 상황인데도, 청화는 흐뭇한 표정으로 앞날을 머릿속에 그리고 있었다.

그때였다.

어둠 속에서 뿔피리 소리가 들려왔다.

삐익!

그 소리와 동시에 살수들의 공격이 멈췄다.

연기 속에 모습을 감춘 살수들은 숨소리마저 죽였다.

그 모습에 장무희와 구경꾼들은 한숨 돌릴 수 있었다.

한편 연기 속에 모습을 숨긴 살수들은 입을 벌렸다.

그들의 우두머리인 유각은 불안한 눈빛으로 주변을 둘러봤다.

하지만 그 눈빛은 바로 기쁨으로 바뀌었다.

유각의 표정을 옆에서 관찰하던 다른 살수 하나가 조심스럽게 물었다.

"왜 그러십니까? 조장."

"그분이 오셨다."

"그분이라니요?"

"흑천 최고의 살수라 불리는 그분 말이다."

살수들의 우두머리인 유각은 입술을 꽉 깨물었다.

지금 들려온 뿔피리 소리는 바로 최연소 특급 살수이자 흑천 최고의 살수인 그분의 신호였다.

유각은 한 번도 마주하지 못했던 흑천의 전설이었다.

팔척장신에 눈으로는 좇을 수 없는 속도로 대상의 목숨을 앗아 간다는 흑천의 전설은 흑천이라면 누구나 아는 이야기였다.

그분이 어디로 갔는지는 오직 흑천의 주인만 알고 있었다.

다른 이들은 그분의 행방에 대해서 알지 못했다.

소문에 의하면 소림사의 방장을 암살하기 위해 중이 되었다는 말도 있고, 깨달음을 얻어 어느 조용한 도관으로 들어갔다는 이야기도 있었다.

유각은 마른침을 삼키며 말로만 듣던 흑천의 전설을 기다렸다.

그때였다.

유각의 이마에 기이한 감각이 느껴졌다.

그것은 분명히 무기였다.

유각은 움직이지 않았다.

기척도 없이 다가온 것을 보면 누군지 알 것 같았다.

강호의 누구라도 자신의 일 장 안에서 기척을 숨길 수는 없었다.

바로 흑천 고유의 훈련 때문이었다.

기척을 숨기는 것도 중요하지만, 상대의 기척을 느끼는 것도 그만큼 중요했다.

눈을 감고도 근거리에 있는 상대를 파악하는 것은 살수의 기본이었다.

바로 앞에 다가왔는데도 자신이 파악하지 못했다는 것은 상대가 흑천의 전설이라는 말이었다.

유각은 경건한 표정으로 입을 열었다.

"오셨습니까?"

"대체 흑천이 여기에 무슨 일이지?"

"그건……."

유각은 말을 맺지 못했다.

지금 들려오는 목소리는 그가 상상하던 흑천의 전설이라고는 할 수 없을 만큼 앳되게 들렸다.

최연소라고는 들었지만, 사실 유각이 상상하던 흑천의 전설은 팔척장신의 사내였다.

그런데 여인의 목소리라니?

그것도 아주 앳된 여자아이의 목소리였다.

유각은 조심스럽게 눈동자를 굴렸다.

흑천의 전설을 대하는 행동치고는 불경하다고 생각했지만, 상대를 확인하는 것이 먼저였다.

순간 유각은 눈을 크게 떴다.

자신의 이마에 맞닿은 것은 당과 꼬치였다.

그 꼬치를 따라가 보니 흰색 손이 보인다.

한눈에 보기에도 아주 작은 손이었다.

유각의 눈동자가 그 손을 천천히 따라갔다.

그 끝에 보니 자그마한 여자아이가 있었다.

아이는 아주 편한 자세로 쪼그리고 앉아서 자신을 보고 있었다.

순간 유각은 상대가 방금까지 자신과 싸우던 소녀라는 것을 알아챘다.

유각은 머릿속이 멍해졌다.

그것도 잠시, 유각은 재빨리 검을 들었다.

유각이 출수하려는 순간, 소녀가 뭔가를 내밀었다.

유각은 본능적으로 그것을 확인했다.

자세히 보니 그것은 검은색 뿔피리였다.

순간 유각의 눈빛이 떨렸다.

검은색 뿔피리는 흑천의 신물 중 하나였다.

흑천의 살수들은 신물이 내는 소리를 십 리 밖에서도 확인할 수 있게 훈련받았다.

그 신물을 가지고 있는 자는 바로 흑천의 전설이었다. 거기에 더해 신물로 정확한 소리를 낼 수 있는 이는 흑천의 전설밖에 없었다.

그런데 흑천의 전설을 기다리고 있는 와중에 소녀가 나타나 흑천의 신물을 내민다니?

그는 이 상황을 어떻게 해석해야 하나를 고민했다.

고민도 잠시, 유각은 결론을 내렸다.

"그분의 후인이시오?"

"지금 뭐라는 거야?"

"그분은 어디 있습니까? 저는 분명히 그 소리를 들었습니다."

"잔소리 말고 어찌 된 일인지부터 밝혀. 흑천이 하북에는 무슨 일이지? 말 안 할 거면 앞으로 볼 일 없고."

말을 마친 상대가 당과 꼬치에 살짝 내공을 담았다.

순간 찌릿한 기운을 느낀 유각이 눈을 크게 떴다.

지금 상대가 보낸 기운에서 흑천의 힘을 느꼈기 때문이다.

유각은 상대가 전설의 후인이라고 확신했다.

전설은 사정이 있어서 모습을 드러내지 않는 것이고 말이다.

물론 유각과 마주하고 있는 것은 설화였다.

전설의 후인이 아닌, 전설 자체인 흑천의 특급 살수.

물론 지금은 살수계를 잠시 떠나 있지만, 누군가에게는 전설로 불리는 것이 바로 설화였다.

설화가 낮은 목소리로 물었다.

"소속과 이름은?"

"흑천 삼십이 조의 유각입니다."

"삼십이 조라면……. 한참 끝에 있는 아이들이군. 그러니 내 얼굴을 모르는 것도 당연하지."

앳된 얼굴에서 나오는 아이들이란 단어는 언뜻 듣기에는 어색하게 느껴졌다.

하지만 설화의 분위기와 합쳐지자, 지금의 대화는 너무도 자연스럽게 들렸다.

그 자연스러움에 유각도 설화를 흑천의 일원으로 인정했다.

물론 전설의 후인으로 말이다.

일단 상대를 인정하자, 유각은 경계심을 지웠다.

유각의 표정을 확인한 설화가 말했다.

"어찌 된 일인지 설명해 봐."

"그러니까⋯⋯."

유각은 바로 상황을 자세히 얘기하기 시작했다.

그의 설명을 듣던 설화는 눈을 가늘게 떴다.

내용은 생각보다 간단했지만, 상황은 그렇지 못했다.

흑천의 주요 인물이 납치되었고, 그들의 생명을 구하기 위해서 나머지 살수들은 누군가의 꼭두각시가 되었다는 것이 유각의 설명이었다.

설명을 듣던 설화가 검지를 들었다.

"잠시!"

"왜 그러십니까?"

"지금부터 내 지시에 따르도록. 지금부터는 신분을 철저히 감춘다. 알겠나?"

"존명. 그런데……."

"왜 그러지?"

"흑천의 전설은 대체 어디 계십니까?"

"지금 날 전설이라고 부르는 거야? 뭐, 흑천에서는 그렇게 불리기도 했지만……. 헤헤."

설화가 입을 살짝 벌리며 웃자, 유각이 고개를 흔들었다.

"장난하지 마십시오. 전설은 어디 계시는 겁니까?"

"여기!"

설화가 아무렇지 않게 검지로 자신의 얼굴을 가리켰다.

유각은 설화를 보며 고개를 흔들었다.

"그분은 분명히 팔 척의 거구라고……."

설화는 그제야 유각이 오해하고 있음을 눈치챘다.

어찌 보면 당연한 오해이기도 했다. 설화는 자신의 외모에 대해서 일부러 과장해서 소문을 내었다.

어린 여자아이라고 소문이 나면 다른 이들이 우습게 볼 것이 뻔했기 때문이다.

일부러 팔척장신의 사내라는 소문을 냈는데, 아직 전해 내려오고 있을 줄은 몰랐다.

그게 벌써 칠 년 전이니, 소문이라는 것은 생명이 길기도 긴 모양이었다.

설화는 한숨을 쉬며 뽈피리를 입술에 갖다 댔다.

슬쩍 주변을 살핀 설화는 유각이 보는 앞에서 뽈피리를 불었다.

삐익!

뿔피리 소리에 유각의 눈이 커졌다.

유각은 뿔피리를 불고 있는 설화의 입술을 유심히 살폈다.

혹시라도 이상한 점이 있는지를 찾아보기 위해서였다.

의심은 살수의 생명을 연장해 주는 중요한 도구 중 하나였다. 상대가 후인이 아니라 본인이라고 하는 것은 유각도 이해할 수 없었다.

입술과 검은 뿔피리를 보던 유각은 눈을 크게 떴다.

소녀는 진짜로 검은 뿔피리를 불고 있었다.

순간 뿔피리의 곡조가 바뀌었다.

지금 귀에 꽂히는 소리는 흑천의 살수라면 누구나 아는 곡조였다.

흑천의 상징이라고 할 수 있는 흑야(黑夜).

구슬픈 흑야의 곡조가 객잔의 이 층에 울려 퍼졌다.

순간 구경꾼들은 고개를 갸웃했다.

이곳은 서로 죽일 듯이 싸우던 전쟁터였다. 그런데 갑자기 구슬픈 곡조가 튀어나오다니?

누구도 이 상황을 이해하는 자는 없었다.

그때 구경꾼 중 하나가 조위명을 바라봤다.

"자네 눈이 왜 그러나? 혹시 중독이라도 된 겐가?"

"아니네. 나는 멀쩡하네."

"그런데 눈이 대체 왜 그런가?"

구경꾼이 조위명의 눈을 가리켰다. 그도 그럴 것이, 조위명의 눈은 벌겋게 변해 있었다.

조위명이 말했다.

"자네 눈도 똑같네."

"그럼 나도……."

"중독이 아니라 저 노래 때문일세. 저 구슬픈 곡조가 마음을 움직인 것이지."

"아."

구경꾼은 고개를 끄덕였다.

조위명의 말대로 객잔의 한쪽 구석에서 울려 퍼지는 곡조는 너무 구슬펐다.

흘러나오는 곡조를 듣다 보니 예전의 어려웠던 시절이 떠올랐다.

조위명도 마찬가지였다. 지금만큼은 경계심을 풀고 곡조에 귀를 기울였다.

남쪽에서부터 무일푼으로 올라온 그는 언변 하나로 지금의 부를 이루었다. 바닥부터 올라오면서 고생했던 감정은 가슴속 깊이 숨겨 놨다.

그런데 그 감정이 스멀스멀 머리를 치켜든 것이다.

설화가 연주하는 흑야는 그만큼 사람의 마음을 움직였다.

사실 흑야의 곡조는 흑천의 훈련생을 위한 노래였다.

흑천의 살수가 되기 위해서는 천 일의 밤을 지새워야 한다.

　그들은 천 일 동안 한 번도 발을 뻗고 누울 수 없다.

　언제 목에 칼이 들어올지 모르기 때문이다.

　흑야는 천 일 동안 고생한 훈련생을 위로하는 노래였다.

　그러니 그 곡조가 슬플 수밖에 없었다.

　살수의 노래, 즉 흑야의 연주가 끝나자, 유각은 재빨리 설화를 향해 고개를 조아렸다.

　"전설을 뵙습니다."

　"전설은 무슨……. 일단 고개부터 들라고."

　설화의 표정과 말투가 변했다. 이제는 적군이 아군이 된 상황.

　더는 날을 세울 필요가 없었다.

　그것도 잠시, 설화는 턱을 매만졌다.

　생각을 정리한 설화는 유각을 바라봤다.

　"일단 내 얘기를 잘 들어."

　"새겨듣겠습니다."

　"지금부터 흑천이란 이름을 버린다."

　"네?"

　"지금부터는 흑천이란 이름을 버리고 철저하게 낭인 행세를 하도록."

"그건……."

"흑천을 구할 사람은 단 한 명밖에 없어."

"그게 누구입니까?"

"내가 모시는 주군."

"예? 그게 누굽니까?"

"우리를 위해서 이 아래를 틀어막고 있는 분."

설화가 아래쪽을 가리키자, 유각이 고개를 갸웃했다.

지킨다는 뜻이 이해가 되지 않아서였다.

그때였다.

유각의 눈이 커졌다.

아래층에서 으스스한 기운이 느껴져서였다.

그것은 살기도 아니고 절대자의 기운도 아니었다.

일반적인 기운이 아닌, 귀기(鬼氣)라고 해야 정확할 듯 보였다.

유각이 물었다.

"대체 이 아래에 뭐가 있는 겁니까? 그리고 주군이라는 분의 정체가……."

유각은 말을 잇지 못했다.

감히 이름을 부르지 못하는 흑천의 전설이 바로 눈앞에 있었다.

그 전설이 주군으로 모시는 자였다.

한낱 살수가 정체를 물어보는 것은 불경한 행동이었다.

유각이 당황한 표정으로 어찌할 바를 모르고 있을 때, 설화가 답했다.

"밑에 계시는 분은 하북팽가의 막내 공자님. 그리고 그와 맞서는 자는 집을 나간 둘째 공자."

"네?"

"소위 말하는 집안싸움이라는 거지."

"자, 잠시만 기다리십시오. 그럼 이 귀기는 누구의 것이라는 겁니까?"

"주군의 기운은 분명히 아닌데……."

설화가 눈을 가늘게 떴다. 설화도 유각이 말한 귀기를 느끼고 있었다. 아니, 어찌 보면 유각이 느끼는 것보다 몇 배는 강하게 느끼고 있을지 몰랐다.

솔직히 말하면 바닥이 얼어붙을 정도의 귀기였다.

이것은 사람의 기운이 아니었다.

설화는 한빈의 뒤를 따르며 이제까지 많은 절대자를 만나 봤다.

처음에는 암제를 절대자라고 생각했었다.

하지만 백경의 선주를 만나고 마음이 바뀌었다.

백경의 선주는 암제와는 비교도 안 되는 절대적인 기운을 뿜어내고 있었기 때문이다.

절대자의 기운을 말로 설명하는 것은 불가능했다.

꼭 설명해야 한다면 그것을 벽이라고 표현하고 싶었다.

깰 수도, 넘을 수도 없는 벽.

절대자란 바로 그런 것이었다.

하지만 지금 아래에서 느껴지는 것은 그런 절대자의 기운이 아니었다.

경외감이 느껴지는 벽이라고 하기보다는, 멀리하고 싶은 불길한 물건에 가깝다고 할 수 있었다.

무덤이 즐비하다는 북망산의 귀기도 저리 심하지는 않을 터였다.

설화는 아래로 내려가는 계단 쪽을 바라봤다.

주군을 도와야 하나 걱정이 되었다.

고민도 잠시, 설화는 고개를 저었다.

자신이 내려간다고 해도 짐이 되리라는 것을 깨달았기 때문이다.

설화는 유각을 바라봤다.

지금은 이곳을 정리하는 것이 먼저였다.

이 사람들이 주군의 짐이 되지 않도록 해야 했다.

"일단 이곳부터 정리하죠."

"제가 깨끗하게 정리하겠습니다."

유각이 검을 들었다.

그 모습에 설화가 손을 저었다.

"그렇게 정리하라는 것이 아니에요, 유 대주."

"대주요?"

"그대는 지금부터 낭인대의 대주입니다. 그리고 지금 해야 할 일은 하나로 뭉치는 것이에요."

설화가 손짓했다.

유각은 멍청한 사람이 아니었다. 설화가 무슨 말을 하는지 바로 알아챘다.

그는 바로 살수들에게 지시를 내렸다.

연막을 걷어 내고 설화를 따르라는 명령이었다.

눈 깜짝할 사이에 연막이 사라졌다.

❦

한편 객잔의 아래층에 있던 한빈은 어이가 없다는 표정으로 상대를 바라보고 있었다.

팽경빈의 심장으로 파고든 혈금은 이제 그와 하나가 되었다.

하나가 된 후 뿜어내는 한기는 인간의 것이 아니었다.

한빈은 눈을 가늘게 뜨고 팽경빈을 바라봤다.

희미하게 들려오는 숨소리.

아직은 인간의 숨결이 남아 있다고 봐야 했다.

하지만 입술 사이에서 뿜어내는 차디찬 기운은 인간의 것이 아니었다.

솔직히 표현하자면 반은 이미 마물 혹은 귀물이라고 해야 했다.

그때였다.

팽경빈이 몸을 돌려 한빈을 바라봤다.

그 눈빛만으로 주변이 얼어붙었다.

쩌억!

위쪽에서 빛을 내고 있던 야명주가 팽경빈이 뿜어내는 한기에 갈라졌다.

갈라진 야명주는 힘을 잃고 바닥에 떨어졌다.

탁!

조각난 뒤에도 빛을 발하던 야명주가 팽경빈이 뿜어내는 귀기에 빛을 잃었다.

마치 독에 잠겨 빛을 잃은 것처럼 말이다.

한빈은 입맛을 다셨다.

"쩝. 이렇게까지 되기를 원한 건 아니었는데."

지금 팽경빈의 몸에는 천외천급 구결이 세 개 더 늘어나 있었다.

기존에 있던 구결까지 합하면 총 네 개.

구결의 흔적만 놓고 보면 이제까지 만난 그 누구보다 강하다는 말이었다.

문제는 눈앞에 있는 팽경빈을 사람이라고 부를 수 있느냐 하는 점이었다.

팽경빈의 몸속을 파고 들어간 혈금의 줄은 다시 그의 살갗을 뚫고 나와 있었다.

덕분에 촉수가 튀어나온 것처럼 흉한 모습이 되어 버렸다.

한빈은 재빨리 월아를 들었다.

'일촉즉발!'

이번 한 수는 탐색전이었다.

지금 혈금과 하나가 된 팽경빈은 이전과는 전혀 다른 사람이 된 상태.

그러니 당연히 상대를 다시 탐색하는 것이 맞았다.

월아와 하나가 된 한빈이 마물이 된 팽경빈을 향해 쏘아져 나아갔다.

슝!

순간 팽경빈의 몸에서 튀어나온 촉수가 한빈을 향해 달려들었다.

한빈은 재빨리 검을 횡으로 그었다.

탕!

월아가 촉수와 맞닿자, 한빈이 뒤로 튕겼다.

한빈은 자신의 오른손을 확인했다.

월아의 손잡이가 파르르 떨리고 있었다.

지금 맞닿은 순간 전해져 온 힘은 무공이라고 할 수 없었다.

무공이 아닌 순수한 힘.

마치 산사태가 맹수를 덮칠 때의 거대함이 그 순간 느껴졌다.

이건 예상 못 한 힘이었다.

한빈은 재빨리 상황을 살폈다.

그때였다.

뒤쪽에서 기척이 느껴졌다.

힐끔 뒤를 돌아보니, 천외천 구결의 흔적을 가지고 있는 여인이 있었다.

여인은 한빈의 뒤로 다가왔다.

한빈이 다시 고개를 돌려 혈금과 하나가 된 팽경빈에게 시선을 고정한 채로 물었다.

"무슨 일입니까?"

"돕고 싶어요, 대협."

"돕고 싶다니, 그게 무슨 말입니까? 그대는 우리를 해치려 하지 않았습니까?"

"그건 본의가 아니었어요. 저는 이곳을 지키라는 명을 받았을 뿐입니다."

"대체 누구에게 그런 명을 받았습니까? 혹시 장문인의 명입니까?"

"장문인이라니요?"

여인이 당황한 듯 되묻자, 한빈이 아무렇지 않게 말을 이었다.

"그 허리의 도화편은 아미의 물건이 아닌가요?"

"이건……."

여인이 허리에 찬 채찍을 재빨리 숨겼다.

한빈의 말대로였다.

여인의 허리에는 복숭아꽃이 새겨진 채찍이 있었다.

매화가 화산의 상징이듯, 도화(桃花)는 아미의 상징이었다.

복숭아꽃이 선명하게 음각되어 있는 채찍을 강호에서는 도화편이라고 부른다.

도화편을 가지고 있는 아미파의 고수는 딱 한 명밖에 없다.

장문인의 제자이며 다음 대의 장문인으로 내정된 자만이 들 수 있는 것이 도화편이기 때문이다.

아미파에서는 다음 대의 장문인을 아미천자라고 부른다.

그러니 장문인의 명이라고 생각할 수밖에 없는 것이다.

그런데 아미천자가 이런 객잔을 지키고 있다고?

한빈은 나름대로 사정이 있으리라고 생각했다.

상념도 잠시, 한빈은 앞을 바라보면서 말했다.

"저자를 도울 생각이 아니라면 몸을 피하시지요."

"마를 멸하는 건 정파의 의무입니다. 저도 도울게요."

"피하는 게 돕는 걸 수도 있습니다."

"……."

아미파의 여인, 즉 아미천자는 입술을 달싹였다.

그녀는 이제껏 누구에게도 짐짝 취급을 받은 적이 없었다.

그녀는 다음 대의 아미파를 대표할 이로, 촉망받는 후기지

수였다. 사실 후기지수라는 말은 그녀에게 어울리지 않았다.

그녀의 무공은 이미 장문인을 넘어섰으니까.

아미파의 시조 이후 천 년 만에 한 번 나올까 말까 한 기재로 평가받으며, 문파의 모든 기연을 독식해 왔다.

하지만 그녀는 한 번도 자만한 적이 없었다.

사문을 위해서라면 언제든 목숨을 바칠 각오가 되어 있었으며, 자신보다 더 합당한 인재가 나온다면 언제든 내정된 장문인 자리를 내던질 수 있었다.

사실 그녀는 이번 일이 잘못되었다는 것을 알고 있었다.

그녀는 자신의 사부, 즉 장문인이 이런 명령을 내렸다고 생각하지 않았다.

아미천자의 이름은 주려한.

주려한과 아미파의 제자들은 모두 하북으로 향하던 길이었다.

영웅 대회에서 한 약속을 지키기 위함이었다.

무당산에서 개최되었던 영웅 대회 때, 구대문파와 무림세가는 천수장으로 인재를 보내기로 했다.

아미파도 그 약속을 지키기 위해 하북으로 향하는 중이었다.

그런데 갑자기 날아온 전서구에 발길을 멈추었다.

처음에는 그 전서구를 의심했다.

하지만 아무리 봐도 서신은 장문인의 친필이었다.

거기에 마지막에 찍힌 낙인은 장문인의 상징인 천녀비의 흔적이 분명했다.

천녀비는 평소에는 비녀처럼 쓰다가 중요한 문서에 찍는 낙인으로도 사용하는 장문인의 신물이었다.

한 문파의 제자로서 어찌 장문인의 명을 어길 수 있겠는가?

그 후 주려한은 이곳 객잔에서 알 수 없는 사내의 지시를 받고 있었다.

주려한은 자기 일이 무림의 평화를 지키는 일이라고 생각했다.

장문인이 내리는 지시가 정의에서 어긋나리라고 생각할 수 없었기 때문이다.

아까 신호를 받았을 때도 이곳에 마도의 무리가 있다고 생각하고 출입문을 막은 것이다.

아니, 이것은 자기 합리화일 수도 있었다.

이 객잔에 들어설 때부터 일이 잘못되었다는 것을 그녀도 조금은 눈치채고 있었다.

물론 당시에는 사실을 확인할 길이 없었다.

하지만 지금은 확실히 알 수 있었다.

자신이 속았다는 것을 말이다.

사부가 저런 자의 명을 따르라고 지시를 내렸을 리는 없었다.

지금 보면 이상한 일이 한둘이 아녔다.

하북으로 출발하기 전, 면벽동에서 근신을 하던 아미파의 제자들 대부분이 징계에서 풀려났다.

그들은 무당산에서 물의를 일으킨 죄로 근신하던 제자들이었다.

그것뿐이 아니었다.

근신에서 풀려난 제자들이 주요 요직을 맡기 시작했다.

그 제자들을 중심으로 아미파는 돌아갔다.

이것도 장문인의 뜻이기에 주려한은 뭐라 할 수 없었다.

상념을 이어 나가던 주려한은 미간을 좁혔다.

사부가 자신을 하북으로 급하게 보내려 했던 것이 기억났기 때문이었다.

순간 멀리서부터 한기가 몰려들어 왔다.

팽경빈의 기운이 점점 공간을 잡아먹고 있었다.

주려한은 입술을 꽉 깨물었다.

감정이 요동치자 진기가 통제되지 않았다.

주려한은 다시 멀리 있는 팽경빈을 바라봤다.

혈금과 하나가 된 모습은 기괴하기 짝이 없었다.

이상한 모습으로 변한 그는 계속해서 기분 나쁜 기운을 뿜어내고 있었다.

단지 기분만 나쁜 것이 아니었다.

그 기운은 주려한의 내부를 흔들어 놓았다.

마음대로 혈맥 속의 기운이 미쳐 날뛰었다.

"으윽."

주려한은 자신도 모르게 가슴을 움켜잡았다.

위쪽으로 도망치려고 해도 발이 떨어지지 않았다. 그녀뿐이 아니었다.

다른 아미의 제자들도 모두 얼어붙어 있었다.

그때였다.

천장에서 갑자기 피리 소리가 들려왔다.

삐리릭.

그녀는 조용히 위층에서 들려오는 피리 소리에 귀를 기울였다.

순간 혈맥 속에서 미쳐 날뛰던 기운이 서서히 수그러들기 시작했다.

다른 제자들도 마찬가지였다.

주려한이 멍하니 있을 때였다.

앞쪽에 서 있던 사내가 그녀의 어깨를 살며시 잡더니 쭈욱 밀었다.

어서 올라가라는 신호였다.

짧은 접촉이지만, 청량한 기운이 그녀의 어깨를 타고 흘러 들어 왔다.

그 기운에 아미천자 주려한은 눈을 크게 떴다.

살짝 흘러들어 온 기운으로 상대를 판단할 수 있었다.

앞에 선 사내가 갑자기 벽으로 느껴졌다.

처음 검을 잡았을 때, 사부에게서 느꼈던 것과 같은 종류의 벽이었다.

도저히 넘을 수 없을 것 같은 벽, 아니 정확히 말하면 두드릴 엄두도 내지 못할 벽이었다.

시간이 흐르면 언젠가는 두드려 보겠지만, 지금은 범접할 수 없는 벽이었다.

그녀는 작은 목소리로 말했다.

"아까는 죄송했어요. 정파의 인물인 줄 모르고 제가……."

"괜찮습니다. 실수는 저도 했습니다. 소위 말하는 쌍방 과실이죠. 그러니 같이 책임지면 됩니다. 위층을 부탁드립니다. 참, 이걸 설화에게 전해 주시죠."

"설화가 누구……."

"제 옆에 있던 아이 말입니다."

사내는 뒤도 돌아보지 않고 쪽지 한 장을 뒤로 툭 던졌다.

마치 뒤통수에 눈이 달린 것처럼 쪽지는 주려한의 손에 떨어졌다.

그녀는 재빨리 그 쪽지를 들고 뒤쪽으로 물러났다.

순간 상상도 할 수 없는 한기가 앞쪽에서 몰려들었다.

한기는 얼마 남지 않은 빛을 빨아들이고 있었다.

공간을 장악해 나가는 기분 나쁜 어둠에, 그녀는 뒤로 한 발 물러났다.

마치 새빨갛게 달구어진 부지깽이를 눈앞에 내밀면 그 누구라도 뒷걸음치는 원리와도 같았다.

그것을 두려움이라고 할 수 있을까?

두려움이라고 하기보다는 본능이었다.

뒷걸음치던 그녀는 자신도 모르게 입을 벌렸다.

사내가 그 한기 속으로 뛰어들었기 때문이다.

주려한은 사내를 향해 한 걸음 다가갔다.

조금이라도 도움이 될까 해서였다.

그것도 잠시, 주려한은 걸음을 멈췄다.

사내가 전한 청아한 기운을 떠올렸기 때문이다. 부드럽지만 성벽처럼 견고한 사내의 기운을 생각하면, 자신은 도움이 안 될 것이 뻔했다.

거기에 더해 지금은 사내의 안위보다 사형제들의 안전이 중요했다.

❧

설화는 뛰쳐 올라온 백색 무복의 무사들을 보고 눈을 크게 떴다.

설화는 막 올라온 무사들을 경계했다.

그도 그럴 것이, 그들은 이곳 객잔을 통제하던 이들이었다. 즉, 아래에 있는 팽경빈과 한통속이라는 말이었다.

그런데 갑자기 올라오니 경계할 수밖에 없었다.

설화는 재빨리 손을 들어 유각에게 신호를 보냈다.

순식간에 설화를 중심으로 흑천의 살수들이 늘어섰다.

백의 무사와 설화가 대치하게 된 상황.

주려한도 갑작스러운 상황에 당황하기는 마찬가지였다.

아래에 있는 사내가 말하길, 쪽지를 설화라는 아이에게 전하라고 했다.

그런데 그 설화라는 아이가 살수들과 같이 있는 게 아닌가?

살수들은 아래에서 마물로 변한 팽경빈의 수족과 같은 자들이었다.

주려한은 순간 눈앞에 있는 설화라는 아이를 믿어야 할지 고민되었다.

그것도 잠시, 그녀는 일단 쪽지를 전하기로 마음먹었다.

주려한은 설화를 향해 손을 뻗쳤다.

그때였다.

설화가 우혈랑검을 들어 주려한의 손을 막았다.

픽!

날카로운 우혈랑검의 움직임에, 주려한이 재빨리 손을 뺐다.

그러고는 왼손으로 검집을 들었다.

탕!

허공에서 설화의 우혈랑검과 주려한의 검집이 부딪쳤다.

하지만 그게 시작이었다.

설화는 재빨리 우혈랑검으로 검집을 밀었다.

조그만 체구에서 나오는 태산과 같은 힘에 주려한이 살짝 밀렸다.

사실 주려한은 차마 전력을 다할 수 없었다.

주려한이 다급하게 외쳤다.

"잠시만! 이것부터 확인해요!"

"……."

설화는 고개를 갸웃했다.

자세히 보니 상대의 검지와 중지 사이에 눈에 익은 종이가 끼워져 있었기 때문이다.

그것은 한빈의 쪽지가 분명했다.

내용을 보지 않아도, 접은 방법만으로 설화는 한빈의 쪽지임을 알 수 있었다.

"왜 공자님의 쪽지를 당신이 가지고 있죠?"

"전해 달라고 부탁받았어요."

"공자님이 당신에게요?"

"네, 그래요."

"일단 줘 보세요."

설화가 손을 내밀자, 주려한이 쪽지를 건넸다.

검집과 우혈랑검 사이로 쪽지를 받은 설화는 상대에게서

눈을 떼지 않았다.

설화는 쪽지를 눈앞에 펼친 채 읽었다.

쪽지를 읽던 설화의 눈이 한계까지 커졌다.

"공자님, 대체⋯⋯."

"무슨 일인가요?"

"일단 상황부터 정리하도록 하죠."

설화가 우혈랑검을 거두고 유각에게 눈짓했다.

살수들은 잘 훈련받은 병사들처럼 일제히 뒤로 물러났다.

설화는 다시 한번 쪽지를 살폈다.

안타깝게도 상대의 손에 묻었던 땀 때문인지 마지막 글자가 희미했다.

한빈이 부탁한 것은 세 가지였다.

첫 번째는 모두를 데리고 이곳을 나가라는 것이었다.

그리고 두 번째는 무언가를 아래로 던지라는 것이었다.

그런데 두 번째 문장에서 물건을 의미하는 부분이 불확실했다.

세 번째 지시는 이곳에서 나간 후에야 실행할 수 있는 일이었다.

설화는 일단 첫 번째 지시부터 해결하기로 하고 쪽지를 조용히 품속에 넣었다.

그러고는 어디론가 걸어갔다.

그 모습에 주려한이 물었다.

"어디 가세요?"

"지금부터 여길 빠져나갈 거예요."

"그건 불가능해요. 이곳은 제가 잘 알아요. 철문이 내려오면 신선이 온다고 해도 빠져나갈 수 없어요."

주려한이 고개를 저었다.

그녀의 말은 사실이었다. 그녀가 맹목적으로 팽경빈의 지시에 따르긴 했지만, 아무 생각 없이 일한 것은 아니었다.

주려한은 이곳의 구조에 대해서 정확히 꿰뚫고 있었다.

이곳의 문을 열려면 안에서는 불가능했다.

누군가가 와서 객잔의 문을 열어 주지 않는다면 영원히 이곳에 갇혀 있어야 했다.

왜 그런 기관 장치를 해 놨는지는 주려한도 알 수 없었다.

그때 설화가 고개를 돌렸다.

"하늘이 무너지면 빠져나갈 구멍이 있다는 강호 속담은 틀린 말이에요. 하늘이 무너지는데 어떻게 빠져나가요?"

"그럼 여길 어떻게 빠져나간다는 말인가요?"

"하지만 여긴 하늘이 아니잖아요."

말을 마친 설화는 창문이 있던 자리로 다가가서는 아무렇지 않게 툭 밀었다.

굳게 닫혔던 문이 아무렇지 않게 열리자, 눈부신 햇살이 객잔 안으로 쏟아져 들어왔다.

사람들은 모두가 눈을 크게 떴다.

그것도 잠시, 그들은 하나같이 눈을 가렸다.

어둠 속에 있다 보니 갑자기 쏟아져 들어오는 햇빛에 적응할 수 없었기 때문이다.

주려한은 창문이 있는 쪽으로 재빨리 달려갔다.

그녀는 검집을 들어 창가를 확인했다.

함정이 아닌가 확인하기 위해서였다.

창가를 확인한 주려한이 고개를 갸웃했다.

"이게 대체…… 어떻게 저보다 이곳을 잘 아는 거죠?"

"저도 잘 몰라요."

설화가 고개를 흔들자, 주려한이 물었다.

"그럼 누가 통로를 발견한 건가요?"

"우리 공자님이요. 정확히 말하면 문이 닫히지 않게 버팀목을 만들어 놓은 거죠."

설화가 어딘가를 가리켰다.

순간 주려한의 눈이 커졌다. 그녀는 설화가 무슨 말을 하는지 알 수 있었다.

탁자와 벽 그리고 바닥 등 곳곳에 젓가락이 박혀 있었다.

그것이 의미하는 바를 주려한은 정확히 알고 있었다.

바로 기관 장치의 혈맥을 끊은 것이다.

아미파에서는 천문과 기관에 대해 제법 자세히 배운다.

아미파에는 남자 제자도 있지만, 대다수가 여자 제자인 관계로, 부족한 힘을 극복하는 방법에 대해 많은 연구를 한다.

그것 중 하나가 바로 기관 장치였다.

기관 장치는 혈맥이 사방으로 뻗어 있는 무인의 몸과 비슷하다고 보면 되었다.

그런 의미에서 곳곳에 박아 놓은 젓가락은 기관 장치의 마혈을 제압한 것과도 같았다.

주려한은 도무지 이런 수법을 이해할 수 없었다.

이러한 방법은 기관과 진법에 통달했다고 하는 제갈세가의 가주가 직접 와도 힘든 일이었다.

이미 구경꾼들은 객잔 밖으로 대피한 상황.

이제 남은 이들은 아미파와 설화 일행밖에 없었다.

설화는 밖을 가리켰다.

"다들 밖으로 대피하세요."

"그대는 어찌하려는 건가요?"

"저는 일단 마지막 문장 좀 확인하고요."

설화는 쪽지를 꺼내 햇빛에 비추어 봤다.

그곳에는 갑(甲)이라는 글자가 쓰여 있었다.

천수현갑

설화는 고개를 갸웃했다.

갑이라는 글자가 언뜻 이해되지 않았기 때문이다.

그때 어깨 너머로 쪽지를 바라보던 청화가 설화의 어깨를 톡톡 쳤다.

"언니, 제가 알 것 같아요. 그건 계약서를 뜻하는 게 분명해요."

"여기 있는 갑이 계약서라고?"

"그렇잖아요. 갑과 을! 딱 계약서잖아요."

"그럼 공자님이 계약서를 왜 달라고 하신 거야?"

"그야 나도 모르죠. 저 아래에 있는 둘째 공자와 계약을 하시려나……."

청화도 고개를 갸웃하며 말을 맺지 못했다.

그때 밖으로 나가려던 장무희가 조심스러운 표정으로 끼어들었다.

"아무래도 갑주를 말하는 것 같아요. 그 뒤에 다른 글자도 쓰여 있는 것 같은데요."

"다른 글자라면요?"

"그 뒤에 접힌 부분을 잘 보세요."

"흠."

설화는 접힌 부분을 보았다.

장무희의 말대로 접힌 부분으로 다른 글자가 흐릿하게 보였다.

땀으로 지워졌던 글자와는 또 다른 별개의 글자였다.

그때 장무희가 다시 말을 이었다.

"아무래도 줄을 말하는 것 같아요. 갑주를 줄에 매달아 던져 달라는 뜻 아닐까요? 그보다 이 쪽지를 어떻게 쓴 거죠?"

장무희가 눈을 크게 떴다. 그도 그럴 것이, 문장이 짧긴 했어도 내용이 구체적이었다.

말도 안 되는 적을 앞둔 상황에 어떻게 이런 지시를 내릴 수 있을까?

아무리 생각해도 장무희는 이해가 되지 않았다.

그때였다.

골똘히 생각하던 설화가 손뼉을 쳤다.

"그러니까, 갑주와 천잠사라는 거네요."

"천잠사요?"

장무희가 고개를 갸웃했다. 그녀가 보기에 설화라는 아이는 빈털터리였다.

그런데 천금을 주고서도 못 산다는 천잠사를 언급하는 것이 이해가 안 되었다.

장무희의 놀란 시선에도 아랑곳하지 않고 설화가 고개를 돌렸다.

설화는 눈을 가늘게 뜨며 어딘가를 바라봤다.

그곳에는 무림 칠대기보를 넣어 둔 자루가 있었다.

설화는 재빨리 그 자루를 열었다.

그 안에는 빛을 잃은 천수현갑이 들어 있었다.

한빈이 갑주라 부를 만한 것은 딱 그 물건밖에 없었다.

설화는 재빨리 천수현갑을 천잠사에 묶었다.

그러고는 계단 아래로 던졌다.

마치 강태공이 낚시하듯 천수현갑을 던진 설화는 잠시 기다렸다.

그때였다.

입질이 오듯 천잠사가 스르르 흔들렸다.

순간 설화가 눈을 빛내며 천잠사를 힘껏 잡아당겼다.

하지만 무게 추라도 달린 것처럼 올라오지 않았다.

"영차!"

설화가 농사꾼처럼 구령까지 붙이며 줄을 잡아당기자, 청화도 천잠사를 잡았다.

"영차!"

청화도 이를 악물고 줄을 잡아당겼지만, 천잠사는 미동도 하지 않았다.

이제는 장무희까지 줄을 잡았다.

그들은 이를 악물고 줄을 잡아당겼다.

천잠사를 움켜잡은 설화의 흰 손에서 핏물이 배어 나왔다.

천잠사는 보검으로도 끊을 수 없을 만큼 견고했다. 달리 생각한다면 칼날이 될 수도 있다는 말이었다.

지금은 칼날이 된 천잠사가 설화의 손바닥을 파고드는 상황.

청화도 마찬가지고 장무희도 마찬가지였다.

그때 밖으로 피신했던 아미파의 주려한이 들어왔다.

그녀는 상황을 파악하고는 재빨리 천잠사를 자신의 검집에 휘감았다.

그러고는 무게중심을 뒤쪽으로 옮겼다.

순간 계단 쪽에서 차가운 기운이 끌려 나왔다.

스르륵.

얼음처럼 차가운 기운을 띤 물체는 다름 아닌 사람이었다.

순간 장무희가 천잠사에 딸려 온 물체를 보고는 깜짝 놀라 달려갔다.

천잠사에 매달린 것은 장무희의 오라비인 장이연이었다.

거기에 장이연과 대결을 벌이던 장무광도 같이 매달려 있었다.

그때였다.

설화가 외쳤다.

"일단 나가죠!"

"대협은 어떻게 하고요?"

주려한이 묻자, 설화가 쪽지를 말아 쥐었다.

"공자님의 지시가 하나 더 남아 있어요."

말을 마친 설화는 몸을 던져 객잔을 빠져나왔다.

끝까지 버티던 설화가 객잔을 빠져나가자, 모두가 뒤를 따랐다.

객잔을 빠져나온 설화는 한숨을 쉬었다.

설화는 재빨리 쪽지를 다시 펼쳤다.

쪽지를 본 설화는 멈칫했다.

이전과는 달리, 한빈의 지시가 이해되지 않아서였다.

쪽지에는 가마솥을 달구라고 되어 있었다.

이것이 세 번째 지시였다.

하지만 주변을 아무리 둘러봐도 가마솥은 없었다.

눈을 가늘게 뜨고 주변을 살피던 설화의 시선이 멈췄다.

설화의 시선이 멈춘 곳은 다름 아닌 그들이 빠져나온 객잔이었다.

지금 살펴보니 객잔은 마치 거대한 무쇠 상자 같았다.

아니 위층의 모양까지 고려한다면 객잔 자체가 거대한 가마솥이었다.

잠시 고민하던 설화는 재빨리 유각에게 지시를 내렸다.

설화가 내린 지시는 하나였다.

그것은 가능한 한 많은 땔감을 모아 오라는 부탁이었다.

유각과 수하들뿐 아니라 구경꾼들도 설화를 도왔다.

구경꾼 중에는 조위명이 앞장섰다.

눈 깜짝할 사이에 무쇠로 덮인 객잔 앞에 땔감이 쌓이자, 설화가 입을 열었다.

"고루고루 퍼뜨리도록 하세요."

"자, 잠시만요."

주려한이 놀란 얼굴로 설화를 막아섰다.

그 모습에 설화가 고개를 갸웃했다.

"왜요?"

"지금 뭐 하시는 건가요?"

"이건 공자님의 지시예요."

"여기에 불을 붙이면 안에 있는 사람은……."

주려한이 말을 더듬자, 설화가 무쇠로 덮인 객잔을 가리키며 말했다.

"공자님이 알아서 하실 거예요. 믿으셔야 해요."

"하지만……."

주려한은 말끝을 흐렸다.

순간 객잔 안에서 혈금과 하나가 되어서 한기를 뿜어내던 팽경빈이 떠올랐기 때문이다.

주려한은 재빨리 품에서 부싯돌을 꺼냈다.

그 모습에 설화가 물었다.

"조금 전까지는 절 말리시더니, 지금은 왜 도와주시는 거죠?"

"얼음을 녹이려면 이 방법밖에 없는 것 같아서요."

"얼음이요?"

"대협이 막고 있는 자는 사람이 아니에요. 마치 거대한 빙산과 같은 한기를 품고 있어요. 그를 막기 위해서는 이곳을 달굴 수밖에 없을 거예요."

말을 마친 주려한은 재빨리 부싯돌로 땔감에 불을 붙였다.

순간 땔감이 화르륵 소리를 내며 타올랐다.

그것도 잠시, 갑자기 타오르던 불길이 사그라졌다.

순간 모두가 입을 벌렸다.

무쇠 벽 밖으로 한기가 새어 나오고 있었다.

그 한기가 얼마나 지독한지 불길을 모조리 죽이고 있었다.

고민하던 설화가 유각을 바라봤다.

"다들, 기름을 구해 와요."

"기름이라니요? 그러면 저 안에 있는 사람은 다 죽습니다."

유각이 걱정스러운 표정으로 고개를 흔들자, 설화가 객잔을 가리켰다.

　"이대로 놔두면 얼어 죽을 거예요."

　"아, 알겠습니다."

　유각이 수하들에게 지시를 내렸다.

　그들은 일제히 벽면에 기름을 붓기 시작했다.

　장작과 기름이 섞이자, 당연하게도 불길이 한기를 누르고 타올랐다.

　화르륵.

　이제는 객잔 전체가 불길에 휩싸였다.

　활활 타오르는 객잔을 본 설화는 마른침을 삼켰다.

　상대의 한기를 화기로 재우는 수법은 어찌 보면 당연했다.

　하지만 이 수법은 아무리 생각해도 동귀어진 그 이상도 이하도 아니었다.

　걱정스러운 눈빛으로 타오르는 객잔을 바라보던 설화는 고개를 흔들었다.

　그 모습에 청화가 물었다.

　"언니, 왜 그래요?"

　"공자님을 걱정하는 내가 우스워서."

　"걱정되는 게 당연하잖아요."

　"에이, 강호 속담에 우리 공자님 걱정은 하는 게 아니라고 하잖아."

"그런 속담이 어디 있어요?"

"뭐, 우리끼리는 다 아는 사실인데. 헤헤."

설화가 해맑게 웃었다.

하지만 설화를 바라보는 청화는 조용히 고개를 들었다.

설화의 마른 입술을 보았기 때문이다.

한빈이 안전할 것이라고 장담하고 있지만, 속마음은 타들어 가고 있는 것이 분명했다.

물론 청화의 마음도 설화와 같았다.

한편 팽경빈과 맞서고 있는 한빈은 거리를 벌렸다.

혈금과 하나가 된 팽경빈이 뿜어내는 한기는 북해의 만년한설보다 더 차가웠다.

다만 지금 이렇게 버틸 수 있는 것은 설화가 던져 준 천수현갑 덕분이었다.

사람의 목숨을 늘려 준다는 천수현갑은 용린의 기운을 불어 넣자 상서로운 먹색의 빛을 발했다.

마치 거북이의 등껍질로 갑옷을 만든 것처럼, 천수현갑의 표면에는 육각형의 도형이 새겨졌다.

이쯤 되자 한빈은 발을 빼야 하나 생각이 들었다.

그것도 잠시, 한빈은 고개를 흔들었다.

이 상황이 한 번으로만 끝나지 않을 것 같아서였다.

무인에게 달라붙는 병기라니?

아무리 생각해도 이해가 되지 않았다.

물론 용린의 기연을 생각한다면 이해하지 못할 현상은 아니었다.

한빈은 천천히 팽경빈에게 다가갔다.

이전에 한기 속으로 뛰어든 것은 순전히 장이연을 구하기 위함이었다.

한기 때문에 장무광과 장이연이 엉켜 있어, 할 수 없이 둘 다 구할 수밖에 없었다.

평상시 한빈이었다면 장무광이 한기에 얼어 죽는다고 해도 그냥 뒀을 것이다.

한빈은 사람은 고쳐 쓰는 법이 아니라는 강호 속담을 믿고 있었다.

그 대표적인 사례가 눈앞에 있는 팽경빈이었다.

만약에 용린의 기연을 얻지 못했다면 전생과 마찬가지로 가문에서 쫓겨나는 것은 자신이 되어야 했을 터.

한빈은 상대에 대한 동정 따위는 느끼지 못했다.

하지만 상대가 가진 힘에 대해서는 연구해 볼 가치가 있었다.

팽경빈이 지금 보여 준 힘은 백경과는 또 다른 힘이었다.

어찌 보면 그 기운은 조 환관과 요미에게서 보던 힘과 흡

사했다.

한빈은 상대의 힘을 가늠하면서 거리를 살짝 벌렸다.

순간 밖에서 묘한 소리가 들려왔다.

투두둑.

마치 기름이 끓는 듯한 소리였다.

동시에 벽 쪽에서 열기가 전해졌다.

한빈은 자신도 모르게 입가에 호선을 그렸다. 설화가 자신의 지시를 정확하게 이행했기 때문이었다.

한빈은 팽경빈이 내뿜는 한기의 양에 집중했다.

객잔의 주변이 서서히 달구어지자, 팽경빈이 내뿜는 한기의 양도 더욱 증가했다.

그것도 잠시, 한기는 한계에 다다른 듯 더는 증가하지 않았다.

이제 무쇠로 덮인 벽면이 붉게 달아올랐다.

당연하게 객잔을 가득 채웠던 한기도 사그라졌다.

뒤쪽으로는 열기가 끓어올랐고, 앞쪽의 팽경빈은 아직도 한기를 뿜어내고 있는 상황.

만약에 천수현갑이 없었다면 한빈은 무사하지 못했을 터였다.

잠시 상황을 보던 한빈이 검을 뽑었다.

이제는 때가 되었다.

바로 구결을 수금할 기회가 눈앞에 온 것이다.

'일촉즉발!'

'구결십팔보!'

'전광석화!'

용린검법의 기본 초식을 펼친 한빈은 앞으로 쏜살처럼 날아갔다.

세 걸음, 두 걸음!

점점 좁혀지는 둘 간의 간격.

한빈은 팽경빈에게 다가가면 갈수록 시간이 느려지는 듯한 착각이 들었다.

바로 절대적인 한기 때문에 일어나는 착각이었다.

하지만 지금은 그 절대적인 한기가 점점 줄어들고 있는 상황.

재미있는 것은 그 절대적인 한기가 팽경빈의 몸까지 느리게 만들었다는 것이다.

세상의 모든 것을 얼리지만 자신마저 얼어붙는 상황.

그 절대적인 한기를 밖에서 지피는 불길이 억누르고 있었다.

팽경빈이 한 발 앞으로 나왔다.

그의 손에서 혈금의 촉수가 천천히 다가왔다.

한빈은 만월로 그 촉수를 걷어 냈다.

휙!

동시에 월아로 팽경빈의 복부를 노렸다.

혈금이 달팽이처럼 붙어 있는 팽경빈의 가슴이었다.

더불어 그곳에는 천외천급 구결의 흔적이 일렁이고 있었다.

한빈은 재빨리 흔적에 월아를 꽂아 넣었다.

쩌적!

기묘한 소리가 팽경빈의 가슴에서 울렸다.

월아가 팽경빈의 가슴을 감싸고 있는 혈금의 공명통에 적중한 상황!

하지만 일렁이는 구결의 흔적까지는 닿지 않았다.

쩌적!

다시 기묘한 소리가 울렸다.

이것은 얼음이 갈라지는 소리였다. 월아와 혈금의 공명통 사이에는 한기로 만들어진 얇은 얼음벽이 존재했던 것.

그 얼음을 지나야만 천외천급 구결에 닿을 수 있었다.

하지만 살짝 갈라졌던 얼음은 다시 얼어붙었다.

얼어붙은 얼음은 한빈의 검 끝을 밀어냈다.

스륵.

이제 한기는 냉기로 변했다.

냉기에 한빈의 검이 밀렸다. 그와 동시에 다시 혈금에서 뻗어 나온 촉수가 꿈틀대기 시작했다.

한빈은 재빨리 주변에서 번뜩이는 혈금의 촉수를 경계했다.

하지만 촉수는 아직 한빈의 주위를 맴돌며 지켜만 보고 있었다.

혈금은 촉수를 움직이는 대신 모든 힘을 냉기를 만드는 데 몰아넣은 것만 같았다.

순간 월아가 얼어붙기 시작했다.

서릿발 같은 기운이 월아의 검신을 타고 스르르 올라왔다.

천천히 올라오던 서릿발이 급기야는 한빈의 손을 덮었다.

스르륵.

한빈의 손을 타고 냉기가 계속해서 올라오더니, 어깨를 덮고 심장까지 스며들었다.

급기야 혈금이 내뿜는 서릿발은 한빈의 몸 전체를 덮었다.

그때였다.

한빈의 갑옷이 붉은 기운을 띠기 시작했다.

화르륵.

천수현갑은 벽 쪽에서 타오르는 화기를 흡수하고 있었다.

그 화기를 이용해서 혈금이 내뿜는 냉기와 맞서 싸우고 있었다.

순간 혈금의 촉수가 한빈의 등 뒤로 날아왔다.

혈금이 내뿜는 냉기에서 벗어난 한빈은 왼손에 만월을 들었다.

탁! 탁!

한빈은 혼원벽력검을 이용해서 촉수의 공격을 모조리 쳐냈다.

용린검법의 부창부수가 아니었다면 불가능했을 일.

동시에 한빈은 월아를 틀어쥔 오른손에 힘을 주었다.

한빈은 하나가 아닌 둘처럼 움직였다.

물론 혈금과 하나가 된 팽경빈도 마찬가지였다.

여덟 개의 촉수가 각자 움직이는 모습은 마치 여덟 명의 적이 동시에 덤비는 듯 보였다.

왼손으로는 촉수를 방어하며 한빈은 계속해서 월아를 찔러 넣었다.

구결과 월아의 검 끝 사이의 거리는 백지장 하나.

한빈은 이번 한 수에 사활을 걸었다.

그도 그럴 것이, 혈금의 본체는 바로 공명통. 저 안에 무엇이 버티고 있는지는 몰라도 그 공명통을 파괴하면 혈금은 힘을 잃을 터였다.

혈금의 힘은 곧 팽경빈의 힘이라고 볼 수 있다.

즉, 공명통을 파괴하면 이 싸움은 끝날 것이 분명했다.

탁! 탁!

사방에서 날아오는 촉수를 쳐 내던 한빈은 모든 힘을 오른손에 몰았다.

힘이 분산되자 월아를 막아선 냉기가 약해진 것이다.

슥!

한빈의 월아가 혈금이 만들어 낸 얼음벽에 틈을 만들어 냈다.

한빈은 월아를 지렛대 삼아 아래로 당겼다.

살짝 파고들어 간 얼음벽을 부수기 위해서였다.

말하자면 아주 작은 힘으로 큰 힘을 이겨 낸다는 사량발천근의 원리였다.

처음 틈을 만들기는 힘들지만, 그 틈을 이용해서 벌리는 것은 그리 어렵지 않았다.

뒤쪽에서 촉수가 날아왔지만, 한빈은 무시하고 그 틈으로 만월을 찔러 넣었다.

푹!

월아는 그리 깊이 박히지 않았다.

혈금이 단단하게 그의 가슴을 보호하고 있었다.

하지만 혈금의 공명통에는 닿았다.

즉, 일렁이는 구결의 흔적에 도달했다는 뜻이었다.

한빈은 재빨리 몸을 피했다.

팽경빈의 가슴에서 기분 나쁜 소리가 뿜어져 나왔기 때문이다.

끼이익!

이것은 비명이었다.

혈금이 내지르는 비명.

혈금은 모양을 유지하지 못하고 기분 나쁜 소리를 내며 갈라지기 시작했다.

찌지직!

혈금의 공명통이 계속해서 기괴한 비명을 토해 냈다.

순간 혈금이 팽경빈의 심장에서 떨어졌다.

툭!

동시에 촉수가 본래대로 혈금의 줄로 돌아갔다.

팽경빈은 눈을 까뒤집고 흰자만 내놓고 있었다.

혼이 빠져나간 듯한 모습이었다.

상대의 모습을 뒤로한 채 한빈은 뒤쪽으로 물러나 일단 글귀를 확인했다.

[용안으로 구결을 확인합니다.]

[천외천급 구결, 리(里)를 획득했습니다.]

[천외천급 : 오(五), 중(中), 무(霧)]

한빈은 용린검법의 글귀와 팽경빈을 번갈아 봤다.

그때 새로운 글귀가 나타났다.

[천외천급 초식, 오리무중(五里霧中)을 획득하셨습니다. 지금 확인하시겠습니까?]

한빈은 고개를 끄덕였다.

[오리무중은 용린검법 은신술의 최상위 단계입니다. 상대와 접촉하지

않는 한 어떤 경우에도 모습을 들키지 않습니다. 오리무중은 반 시진 동안 유지됩니다.]

글귀를 확인한 한빈은 눈을 가늘게 떴다.

어찌 보면 용린검법 최고의 무공일 수도 있었다.

대등한 경지의 상대라면 누구든 죽일 수 있는 초식이었다.

상대와 접촉하지 않는 한 어떤 경우에도 모습을 들키지 않는다는 점이 가장 중요했다.

반대로 말하면 상대에게 일격을 날릴 동안 모습을 숨길 수 있다는 말도 되었다.

물론 경지가 하늘과 땅 차이일 때는 소용이 없을 수도 있었다.

삼류 무사가 화경의 고수가 펼치는 호신강기를 뚫기란 어려운 일이니까.

한빈은 이 초식을 어떻게 이용할지 나중에 고민하기로 했다.

새로 얻은 천외천급 초식을 확인한 한빈은 주위를 살폈다.

이 층에 만들어 놓은 통로는 이미 닫힌 후.

지금부터는 빠져나갈 방법을 찾아봐야 했다.

한빈은 산책하듯 객잔의 내부를 살폈다.

터벅터벅.

혈금은 붉은 기운을 띤 채 바닥에 나뒹굴고 있고 팽경빈도 쓰러져 있었다.

팽경빈을 바라보던 한빈은 고개를 흔들었다.

지금 깨워도 못 일어날 것이 분명했다.

이곳에서 빠져나갈 통로는 직접 찾는 것이 맞았다.

혈금이 냉기를 피워 올리지 않자, 객잔 안의 온도는 점점 올라가기 시작했다.

한빈은 벽 쪽을 바라봤다.

벽은 아궁이에 쑤셔 넣은 부지깽이처럼 붉게 달아올랐다.

그 색이 점점 붉어지는 것으로 봐서는 설화가 나름대로 최선을 다하고 있는 것이 분명했다.

이제는 그렇게까지 불을 지필 필요가 없는데도 말이다.

하지만 밖에 있는 설화와 소통할 방법이 없었다.

중요한 것은 더 지체했다가는 삶은 고기가 될 수도 있었다는 점이었다.

그때였다.

한빈은 귀를 쫑긋했다.

바닥에서 희미하지만 정확한 소리가 들려왔기 때문이다.

똑똑!

분명히 사람이 문을 두드리는 소리였다.

똑똑!

그 소리는 계속해서 들려왔다.

한빈은 재빨리 바닥을 보았다.

바닥을 확인해 보니 희미하게 틈이 보였다.

자세히 보니 숨겨진 문이 분명했다.

혈금이 뿜어낸 기운이 나무 바닥을 부스러뜨린 덕분에, 숨겨진 문이 모습을 드러낸 것이다.

한빈은 재빨리 월아를 들었다.

월아로 틈을 벌린 한빈은 재빨리 오른발로 무쇠 문을 쳐냈다.

바닥에 깔린 무쇠가 한빈의 손에 의해 허공으로 붕 떴다.

허공에 떴던 문이 바닥에 떨어지자, 객잔이 흔들렸다.

순간 한빈은 눈을 가늘게 떴다.

객잔 아래에 엄청난 것이 숨겨져 있다는 느낌이 강하게 들었다.

한빈은 천천히 지하로 발길을 옮겼다.

아래로 내려간 한빈은 품에서 화섭자를 꺼냈다.

화륵!

화섭자를 들고 방 안을 비춰 본 한빈은 눈을 크게 떴다.

방 안에는 삐쩍 마른 노인 하나가 벽을 두드리고 있었다.

똑똑!

아래에서 들려오던 소리는 그 노인이 내는 소리였다.

한빈은 조심스럽게 화섭자를 노인이 있는 곳으로 뻗었다.

순간 한빈의 눈이 커졌다.

"사부님?"

"……."

고개를 돌린 노인이 말은 못 하고 입을 크게 벌렸다.

그것도 잠시, 노인이 한빈이 있는 곳으로 걸어왔다.

하지만 첫걸음을 떼자마자 뭔가에 걸린 듯 멈췄다.

철컥!

고개를 내려보니, 벽 쪽의 쇠사슬이 노인의 발에 묶여 있
었다.

한빈은 재빨리 그에게 달려갔다.

사실 한빈이 사부라 부를 수 있는 자는 그리 많지 않았다.

가끔 계약서를 써서 임시 사부를 모시기도 하지만, 사부라
고 이렇게 편하게 부를 수 있는 사람은 단 한 명이었다.

지금 눈앞에 있는 노인은 다름 아닌 무제자 홍칠개였다.

"무슨 일입니까?"

"으음……."

홍칠개가 끓는 듯한 신음을 뱉었다.

그 모습에 한빈이 손을 뻗어 홍칠개의 가슴을 눌렀다.

푹!

그제야 홍칠개의 혈색이 돌아왔다.

홍칠개는 아혈을 제압당했기 때문에 말을 못 했던 것이었
다.

평소라면 바로 해혈을 했을 테지만, 내공이 바닥난 상태에
서는 불가능했다.

홍칠개는 한동안 숨을 골랐다.

천천히 호흡을 가다듬은 홍칠개가 드디어 입을 열었다.

"너, 너구나. 나는 네가 올 줄 알았다."

"대체 어떻게 된 일입니까?"

"납치당했다."

"사부님이 납치당했다고요?"

한빈이 고개를 갸웃했다.

세상에 홍칠개를 납치할 사람이 어디 있단 말인가?

정확히는 개방의 장로를 납치한다고 해도 쓸데가 없었다.

납치를 해 봤자 거지에게 얻을 것이 무엇이 있단 말인가?

정신 나간 놈들이 아니고서야 이런 짓을 벌일 리 없었다.

한빈의 모습에 홍칠개가 멋쩍게 웃었다.

"객잔에서 주는 술을 얻어먹고 나서 깨 보니 이곳이었다."

홍칠개는 이제 완전히 혈색이 돌아와 있었다.

그 모습에 한빈이 물었다.

"대체 왜 개방도를 납치했단 말입니까?"

"너 때문이다."

"저 때문에 사부님을 납치했다고요?"

"아마도 내가 네 약점이라고 생각한 것 같구나. 어둠 속에서 여인 하나가 집요하게 물어본 것이 모두 너에 관한 것이었다."

"더 말씀해 주지 그랬습니까?"

"말했지만, 만족을 못 하더구나. 내가 제자에 대해 아는 게 있어야 말을 해 줄 것이 아니냐."

홍칠개가 눈을 가늘게 뜨고 한빈을 바라봤다.

그 눈빛에는 많은 감정이 담겨 있었다.

뿌듯함과 서운함 그리고 기대감까지 말이다.

그때 홍칠개가 말을 이었다.

"참, 그 이상한 마물은 어찌 되었느냐?"

홍칠개가 미간을 좁혔다.

아무래도 혈금을 본 것이 분명했다.

"마물이라면 촉수가 달린 기괴한 해금을 말씀하시는 겁니까? 그 마물이라면 제가 제압했습니다. 일단 이곳을 빠져나가시죠."

"그것은 죽일 수 있는 물건이 아니다."

"그게 무슨 말씀입니까?"

"그것은 이 세상의 물건이 아니니 말이다. 나도 그 혈금을 다루는 자를 쓰러뜨릴 뻔했다."

"그럼 제자가 다시 살펴보겠습니다."

"아니다. 사정은 차차 말해 줄 터이니 일단 빠져나가자."

"알겠습니다, 사부님."

한빈은 재빨리 홍칠개를 구속하고 있는 쇠사슬을 잘라 냈다.

서걱!

홍칠개의 발에 묶여 있던 쇠사슬이 무명실처럼 썰려 나갔다.

한빈은 재빨리 홍칠개를 부축했다.

밖으로 나가려던 한빈을 본 홍칠개가 다급하게 말했다.

"그쪽이 아니다. 저쪽으로 가자꾸나."

홍칠개가 가리킨 곳은 꽉 막힌 벽이었다.

한빈은 아무렇지 않게 홍칠개를 부축하고 벽을 향해 걸어갔다.

홍칠개의 정신이 돌아온 이상, 저곳에 탈출구가 있다는 것이 거짓은 아닐 터였다.

벽 쪽에 다가가자 홍칠개는 한빈이 들고 있는 화섭자를 낚아챘다.

"잠시만 기다려 보아라."

말을 마친 홍칠개는 혼자 힘으로 벽을 더듬기 시작했다.

벽 쪽에는 제법 복잡한 문양이 새겨져 있었다.

홍칠개는 벽을 더듬다가 문양을 눌렀다.

철컥!

벽에 솟아 있던 문양 하나가 안으로 들어갔다.

아마도 그 문양을 맞춰야 열리는 기관 장치임이 분명했다.

한빈은 홍칠개가 대단하다고 생각했다.

홍칠개는 정신이 혼미한 상태에서도 문을 여는 순서를 기억해 둔 것이 분명했다.

홍칠개가 기억을 더듬으며 문양을 맞춰 가고 있을 때였다.

뒤쪽에서 기분 나쁜 냉기가 밀려 들어왔다.

혈금이 뿜어내는 냉기가 분명했다.

한빈은 재빨리 고개를 돌려 월아를 횡으로 그었다.

휙!

손끝에서 느껴지는 낯선 감각.

한빈은 재빨리 상대를 확인했다.

순간 한빈은 자신도 모르게 입을 벌렸다.

지금 눈앞에 있는 사내는 팽경빈이 아니었다.

혈금은 팽경빈 대신 바닥에 쓰러진 사내에게 옮겨붙어 있었다.

객잔에서 쓰러져 있던 사내의 가슴에 곱게 붙어 있는 혈금을 보자니, 어이가 없었다.

분명히 공명통에 충격을 주어 팽경빈에게서 떼어 내었다.

그런데도 회복한 혈금이 팽경빈 대신 다른 신체를 찾아서 기생한 것이 분명했다.

팽경빈이 혈금을 이용한 것이 아니라 그 반대라는 생각이 들었다.

혈금은 사람의 생기를 먹는 것이 분명했다.

한빈은 이런 병장기 혹은 무공을 여태 본 적이 없었다.

물론 한빈이 직접 사용하고 있는 용린의 기운을 제외하고는 말이다.

한빈은 눈을 가늘게 떴다.

용린과 같은 물건이 하나만 있으리라는 법은 없지 않은가?

용린의 힘을 한빈이 통제할 수 없었다면?

혹시 혈금에 통제를 받고 있는 저들처럼 되지 않았을까?

의문도 잠시, 한빈은 고개를 저었다.

용린의 힘과 저런 마물의 힘을 동일하게 생각할 수는 없었다.

문제는 저 혈금이 용린의 힘과 맞먹는 기운을 띠고 있다는 점이었다.

다시 혈금의 현이 촉수처럼 일렁였다.

한빈은 뒤를 힐끔 바라봤다.

"사부님, 아직 멀었습니까?"

"이, 이게 조금 더 시간이……."

"일단 제가 막고 있겠습니다."

"절대 저 물건에 접촉하지 말거라. 절대로!"

"벌써 한번 부딪쳤습니다."

"그, 그게 무슨 말이냐? 그런데도 괜찮았다는 말이냐?"

"일단은 이렇게 멀쩡합니다."

"그래도 조심하거라. 내가 이 문을 여는 동안 시간만 끌거라. 더 이상 부딪치지는 말고. 저건 사람이 통제할 수 있는 물건이 아니다. 마교에서도 꽁꽁 숨겨 놨다고 전해지는 물건이다. 나머지는 여길 빠져나가서 말해 주겠다."

"네, 알겠……."

한빈은 말을 맺지 못했다.

한빈에게 촉수가 달려왔기 때문이다.

휘릭!

채찍처럼 날아오는 여섯 개의 촉수!

순간 한빈은 고개를 갸웃했다.

여덟 개가 아니라 여섯 개라면, 나머지 두 개는?

한빈은 재빨리 홍칠개가 있는 곳을 막아섰다.

그때 천장에서 두 개의 촉수가 폭포처럼 떨어졌다.

바로 홍칠개의 정수리를 향해서 말이다.

한빈은 재빨리 월아를 들었다.

챙!

한빈은 월아로 날아오는 촉수를 쳐 냈다.

문양을 맞추고 있던 홍칠개가 깜짝 놀라 황급하게 자리를 피했다.

"어이쿠."

"제가 막았습니다. 마저 문양을 맞추십시오."

"어디까지 했는지 놀라서 까먹었구나."

홍칠개가 난감한 표정으로 한빈을 바라봤다.

그때였다.

위층에서 쇳물이 지하 계단을 타고 한두 방울 떨어지기 시작했다.

바깥에서 어찌나 불을 잘 피워 대는지, 무쇠로 된 벽이 녹아내리고 있는 것이다.

한빈은 입술을 잘근 씹었다.

이대로 있다가는 잘 익은 토끼구이가 될 판이었다.

그것도 자신의 사부인 홍칠개와 말이다.

잠시 고민하던 한빈은 재빨리 홍칠개의 옆에 붙었다.

"사부님, 사부님이 저 마물을 막아 주십시오. 퇴로는 제가 열겠습니다."

"아, 알았다."

홍칠개가 고개를 끄덕였다.

한빈과 자리를 바꾼 홍칠개는 재빨리 몽둥이를 하나 들었다.

그러고는 구걸십팔보를 펼쳤다.

아직 힘이 돌아온 것은 아니지만, 마물과 숨바꼭질을 하기에는 충분한 내공이 있었다.

탕. 탕.

홍칠개가 일부러 벽을 밟고 주변을 뛰어다녔다.

그 소리에 혈금과 하나가 된 사내가 고개를 좌우로 돌리더니 촉수를 쏘아 냈다.

사내의 눈빛에 생기는 전혀 보이지 않았다.

혈금에 모든 머리를 먹힌 것이 분명했다.

혈금은 어둠 속에서 더욱 강했다.

홍칠개가 밟고 지나간 자리에는 여지 없이 촉수가 와서 박혔다.

혈금은 눈 깜짝할 사이에 촉수를 회수한 뒤, 또 소리가 나는 곳을 향해 다시 한번 쏘아 냈다.

쓩!

그때였다.

혈금의 공격이 변하기 시작했다.

홍칠개의 방향을 예측해서 남는 촉수를 쏘아 대기 시작한 것.

홍칠개의 움직임을 쫓는 것이 아니라 예측해서 공격하는 혈금은 훨씬 무서웠다.

더 황당한 것은 그렇게 움직이던 혈금이 다시 냉기를 풍기고 있다는 점이었다.

위쪽에서는 열기가.

옆쪽에서는 혈금이 풍기는 냉기가 교차하며 한빈의 머리를 어지럽혔다.

지금 한빈은 용린의 기운을 모으는 중이었다.

바로 진룡파혼검을 위해서 말이다.

진룡파혼검은 용린검법의 초식 중 가장 많은 시간이 걸리는 수법이었다.

사지에 흩어진 용린의 기운을 심장으로 모은 뒤.

그 기운을 굴리면서 월아의 검신을 통해서 쏘아 내는 방법.

진룡파혼검이라면 그 어떤 기관 장치도 무용지물로 만들 수 있었다.

용린의 기운이 온몸에서 가슴으로 몰렸다.

그 기운이 일정 수준으로 모이자, 한빈은 재빨리 양손으로 쏘아 보냈다.

월아의 끝에서 일렁이던 기운이 백색의 구체를 만들었다.

그 구체가 점점 커지더니 순식간에 사라졌다.

팡!

순간 앞쪽에 버티고 있던 거대한 무쇠 문이 사라졌다.

물론 무쇠 문을 열 수 있는 문양도 먼지가 되어 버렸다.

한빈은 그 사라진 문을 향해 고개를 내밀었다.

순간 한빈은 자신도 모르게 입을 딱 벌렸다.

문 하나를 없애고 나니 그 뒤에 또 다른 문이 생긴 것이다.

한빈이 가장 놀란 것은 정교한 기관 장치 때문이 아니라 규모 때문이었다.

이렇게 겹겹이 기관 장치를 쌓아 놓으려면 황실의 금고를 다 털어 넣어도 부족할 것이었다.

한빈은 이 너머에 얼마나 많은 문이 기다리고 있는 감도 오지 않았다.

차라리 위쪽으로 가야 할까?

하지만 그것은 자살행위였다.

한빈은 재빨리 다시 용린의 기운을 모았다.

그때였다.

뒤쪽에서 비명이 울려 퍼졌다.

"어이쿠!"

홍칠개의 목소리였다.

일단 원래 있던 공간으로 나가서 살펴보니, 홍칠개의 다리에 촉수가 꽂혀 있었다.

순간 한빈의 눈이 커졌다.

단순하게 촉수가 꽂힌 것이 아니라 혈금의 본체가 촉수를 타고 빠른 속도로 홍칠개에게 다가가고 있었다.

그 모습을 본 한빈이 월아를 뻗었다.

그러고는 일촉즉발의 수법으로 화살처럼 나아갔다.

팡!

눈 깜짝할 사이에 홍칠개에게 다가간 한빈.

하지만 혈금이 먼저였다.

사내의 가슴에서 떨어진 혈금의 본체가 홍칠개의 심장을 파고들었다.

한빈은 재빨리 만월을 들어 혈금의 촉수를 잘랐다.

탁!

촉수가 잘렸지만, 이내 붙었다.

홍칠개가 낮은 신음을 흘렸다.

"으윽."

"사부님, 괜찮으십니까?"

"나를 죽여라. 이 마물을 처리할 수 있는 것은 무림 칠대기 보를 찾기 전까지 불가능하다."

"무림 칠대기보라니요?"

"혈금이란 마물을 막을 수 있는 것은 무림 칠대기보 중 천 수현갑뿐이다. 이것은 개방만이 알고 있는 사실. 제자야, 너 는 이곳에서 빠져나간 후 천수현갑을 찾거라. 그리고……."

홍칠개는 마지막 말을 맺지 못하고 정신을 잃었다.

그의 눈이 점점 붉게 변했다.

마치 용암이 들끓는 붉은색으로 변한 홍칠개의 눈에, 한빈 은 재빨리 뒤로 물러났다.

한빈은 월아와 만월을 번갈아 보았다.

아무리 생각해도 평소 홍칠개의 모습이 아니었다.

아마도 혈금에 통제를 받는 듯 보였다.

한빈은 잠시 생각에 잠겼다.

곧 한빈은 지(智)의 구결을 사용하기로 했다.

지의 구결에 집중하자, 상단전이 활짝 열리듯 시원한 기운 이 머릿속에 불어 들어왔다.

천수현갑을 찾으라는 홍칠개의 부탁.

천수현갑은 마침 한빈이 입고 있었다.

이것이 과연 우연일까?

무림 칠대기보를 찾은 것은 어찌 보면 용린의 뜻이기도 했다.

그렇다면 용린은 무엇을 위해서 한빈에게 이런 부탁을 했을까?

바로 저 마물을 막기 위해서가 아닐까?

저 마물을 막기 위한 칠대기보 중 하나가 천수현갑이라면?

나머지 무림 칠대기보도 별도의 쓰임새가 있을 것이다.

한빈의 머릿속에 여러 가지 가능성이 주르륵 펼쳐졌다.

수만 가지의 가능성을 한빈은 순식간에 떠올렸다 지웠다 반복했다.

실시간으로 줄어드는 지의 구결.

이렇게 머리를 맹렬히 굴린 적이 현생에서 있었을까?

아마도 지금이 처음인 것 같았다.

한빈은 재빨리 천수현갑을 벗었다.

순간 홍칠개와 하나가 된 촉수가 날아왔다.

촉수는 하나하나에 눈이 달린 것처럼 날카롭게 날아왔다.

과연 어떻게 된 일일까?

한빈은 촉수를 잘라 내는 대신에 몸을 피했다.

'구결십팔보!'

혈금은 기생한 인간의 생기를 자신을 회복하는 데 사용하는 것이 분명했다.

여기에서 혈금에 타격을 가하게 되면 홍칠개의 생명이 위험했다.

혈금을 봉인할 수만 있다면, 홍칠개를 구하는 것도 무리는 아닐 터.

한빈은 손에 든 천수현갑을 살폈다.

천수현갑을 입고 싸우는 것으로는 저 마물을 물리칠 수 없었다.

천수현갑을 입고 싸우는 것이 아닌, 다른 방법으로 혈금을 봉인해야 했다.

그때였다.

휙!

다시 촉수가 날아왔다.

눈 깜짝할 사이에 앞으로 나가, 공간까지 점령하는 혈금의 공격.

한빈은 혈금이 학습 능력을 가지고 있다는 것을 알아챘다.

홍칠개와 싸우면서 구걸십팔보의 방향을 예측하게 된 것이다.

한빈은 재빨리 성동격서의 방법으로 만월을 찔렀다.

하지만 혈금의 다섯 개의 촉수가 만월을 막았다.

성동격서의 검로까지 예측하다니, 한빈이 생각해도 놀라웠다.

이대로 놔둔다면 혈금은 강호의 모든 인물의 무공을 공부할 것이 분명했다.

문제는 한빈의 마음까지 읽는 듯한 공격이었다.

한빈이 다가오는 촉수를 보고 머뭇거리자, 그것까지 계산한 후 공격하는 듯 보였다.

생각해 보면 홍칠개의 기억을 읽은 듯 보이기도 했다.

이전에 팽경빈에게 붙었을 때와는 전혀 다른 움직임.

그렇다고 촉수를 무작정 자를 수도 없는 법이었다.

천수현갑을 어찌 사용해야 할지는 머릿속에 떠올리고 있었다.

문제는 천수현갑을 사용하기 위해서는, 그만큼 가까이 붙어야 한다는 점이다.

아주 작은 시간 동안 틈을 만들어 낸다면 마물을 봉인할 수 있을 터.

만약에 그 방법으로도 봉인을 못 한다면?

한빈은 홍칠개와 함께 이곳에 묻혀야 할 수도 있었다.

한빈은 새로운 초식 하나를 떠올렸다.

바로 이전에 획득한 오리무중이라는 천외천급 초식이었다.

사실 한빈은 오리무중을 이렇게 빨리 쓸 줄은 몰랐다.

'오리무중!'

순간 촉수가 멈췄다.

한빈은 조용히 옆으로 한 걸음 옮겼다.

하지만 촉수는 한빈의 움직임을 눈치채지 못했다.

시간은 아직 넉넉했다. 물론 한빈은 그 시간을 다 쓸 생각
이 없었다.

마냥 기다리다가는 홍칠개의 목숨이 위험할 테니까.

한빈은 숨을 죽이며 천천히 혈금과 하나가 된 홍칠개의 뒤
쪽으로 다가왔다.

여덟 개의 촉수는 지금 열여섯 개로 늘어나 있었다.

신기한 것은 그뿐 아니었다.

열여섯 개의 촉수가 빙글빙글 돌더니 주변을 경계했다.

마치 사라진 한빈을 찾는 것만 같았다.

이대로라면 간격을 못 만들어 낼 터.

한빈은 재빨리 허공으로 튀어 올랐다.

'금선탈각!'

다만 다른 것이 있다면 안전한 공간에서 위험한 공간으로
이동한다는 점이었다.

순간 한빈의 몸이 홍칠개의 앞에 나타났다.

한빈은 오른손에 든 천수현갑을 홍칠개에게 뒤집어씌웠
다.

사삭!

바로 이것이 한빈이 생각해 낸 방법이었다.

천수현갑은 그 어떤 공격도 막아 낼 수 있는 물건이었다.

안쪽에서나 바깥쪽에서나 말이다.

정확히 말하면 한빈은 천수현갑을 절대 금고처럼 사용하

기로 한 것이다.

천수현갑을 뒤집어씌운 한빈은 재빨리 뒤쪽으로 물러섰다.

천수현갑이 천천히 홍칠개의 몸을 덮었다.

평상시 천수현갑은 그냥 평범한 천 쪼가리처럼 보인다.

하지만 입는 순간, 흐물흐물한 천과 같던 천수현갑은 몸에 딱 달라붙게 된다. 달라붙고 나면 천수현갑의 겉면은 갑옷처럼 딱딱해진다.

덕분에 한빈도 천수현갑을 편하게 착용할 수 있었다.

지금도 마찬가지였다. 처음에는 헐렁했던 천수현갑이 홍칠개의 몸에 맞게 점점 줄어들었다.

전설의 신수 중 하나인 현무의 등껍질로 만들었다고 전해지는 천수현갑은, 먹빛을 띤 채 점점 단단해지고 있었다.

천수현갑을 뒤집어쓴 홍칠개는 몸을 부르르 떨었다.

홍칠개와 하나가 된 혈금이 진동하고 있다.

혈금에서 튀어나온 촉수가 천수현갑의 빈틈으로 스르륵 들어갔다.

아마도 천수현갑이 자신과 상극이라는 것을 알아챈 것이 분명했다.

한빈도 한숨 돌리며 그 광경을 지켜보았다.

지금은 기다려야 할 때라고 생각했다.

천수현갑이 부르르 떨렸다.

혈금이 천수현갑을 벗어나기 위해 안간힘을 쓰는 것 같았다.

순간 홍칠개가 눈을 천천히 떴다.

벗어나려고 모든 힘을 쓰다 보니 홍칠개를 통제하던 힘을 거둔 것이다.

심장에 붙어 있던 혈금의 본체가 떨어진 것이 분명했다.

한빈은 눈을 크게 뜬 홍칠개를 바라봤다.

홍칠개가 천천히 손을 내밀었다.

마치 한빈에게 구원을 요청하는 듯 보였다.

그것도 잠시, 홍칠개가 다시 손을 거둬들였다.

손을 거둬들인 홍칠개는 깊게 심호흡하며 한빈을 바라봤다.

"어서 가거라."

"정신이 돌아오셨습니까?"

"잠시 정신이 돌아왔지만……."

말끝을 흐리며 홍칠개가 입술을 깨물었다.

마치 정신을 잃지 않기 위해서 몸부림치는 것만 같았다.

한빈은 천수현갑의 상태를 보았다.

천수현갑은 더 이상 흔들리지 않았다. 아마도 혈금이 벗어나길 포기한 것 같았다.

무림 칠대기보 중 하나인 천수현갑은 혈금을 가두는 감옥이 분명했다.

그렇다고 당장에 홍칠개를 여기서 꺼낼 수는 없는 법이었다.

천수협갑을 벗긴다면 다시 혈금이 힘을 찾을 수도 있으니 말이다.

홍칠개는 자신의 상황을 아직 모르는 듯 보였다.

혈금과 하나가 된 자신이 천수협갑을 입고 있다는 사실도 말이다.

한빈이 나지막한 목소리로 말했다.

"사부님, 조금만 참으십시오."

"아니다. 나는 신경 쓰지 말고 여기서 벗어나거라. 천수현갑이 없다면 혈금은 절대로 통제할 수가 없다."

"흠, 천수현갑은 어떻게 사용해야 하는 겁니까?"

"적당한 미끼를 이용해서 천수현갑으로 혈금을 봉인하면 된다."

"흠."

한빈이 턱을 어루만지자, 홍칠개가 말했다.

"사실 천수현갑을 이용해서 혈금을 봉인하는 것은 상당히 어려운 일이다. 하지만 그걸 할 수 있는 사람은 너밖에 없다. 마지막으로 이 일을 네게 부탁하마."

"제가 하고 싶은 말은 그게 아닙니다. 사부님께서 부탁하신 일은 벌써 끝냈습니다."

"그게 무슨 말이더냐?"

"적당한 미끼를 이용해서 혈금을 봉인하는 일 말입니다."

"그게 무슨……."

"지금 입고 있는 게 바로 천수현갑입니다."

"자, 잠시만……."

"그리고 적당할지는 몰라도 사부님이 미끼가 된 거고요. 그런데 그 미끼는 어떻게 되는 겁니까?"

한빈은 고개를 갸웃했다.

사실 한빈이 가장 궁금한 것은 홍칠개의 운명이었다.

만약 혈금이 붙은 것이 적이라면 한빈은 이런 걱정 따위는 하지 않았을 것이다.

홍칠개는 놀란 듯 자신의 몸을 만져 봤다.

거북이 등껍질처럼 단단한 물체가 몸을 덮고 있었다.

심장에 붙었던 혈금은 이제는 사라지고 없었다. 아니, 사라진 게 아니라 몸을 덮은 천수현갑 덕분에 보이지 않는 것이 분명했다.

상황을 살핀 홍칠개가 떨리는 목소리로 말했다.

"개방에서 입수한 정보에 의하면 미끼는 버려야 한다."

"흠, 그럴 수는 없습니다."

"아니다. 나는 여기에서 혈금과 함께 사라지는 게 맞다."

"제가 걱정하는 건 제 물건입니다."

"지금 뭐라 했느냐?"

"사부님이 사라지시면 제 물건은 어떻게 합니까?"

한빈이 홍칠개를 가리켰다. 정확히는 그가 입고 있는 천수현갑을 가리키는 것이었다.

홍칠개는 자신도 모르게 입을 딱 벌렸다.

"이, 이건 혈금을 봉인하기 위한……."

"이런 마물이 하나일지 둘일지 어떻게 압니까? 그때 저걸 다시 써야 할지도 모르는데, 이대로 사라지면 안 되죠. 저는 제 것은 절대 포기 못 합니다."

한빈이 홍칠개를 가리켰다.

물론 한빈이 가리킨 것은 천수현갑이었다.

어떻게 얻은 무림 칠대기보인데 포기하겠는가?

한빈의 표정을 본 홍칠개는 자신도 모르게 씁쓸한 미소를 지었다.

한빈이 말한 자신의 것에 홍칠개도 포함되어 있음이 분명하기 때문이었다.

홍칠개는 한빈이 자신을 살리기 위해서 이런 말을 한다고 생각했다.

하지만 대를 위해서는 소를 희생할 수밖에 없었다.

강호라는 큰 세상 속에서, 홍칠개 자신은 작은 먼지에 불과했다.

홍칠개는 한빈과 함께했던 지난날들을 떠올렸다.

비록 계약서로 묶인 관계지만, 제자와 보낸 시간은 그 어느 때보다 즐거웠다.

강호를 떠돌며 제자 자랑하는 재미도 만만치 않았다.

이제는 그 모든 즐거움을 내려놔야 할 때였다.

홍칠개는 눈을 감았다.

계속 제자를 보고 있으니 세상에 미련이 남았기 때문이다.

그때였다.

한빈이 홍칠개를 흔들었다.

그 손길에 깜짝 놀란 홍칠개가 눈을 떴다.

"왜 그러느냐?"

"준비하십시오."

"흠, 내 고통을 줄여 주려는 것이냐?"

"대체 무슨 생각을 하고 계시는 겁니까?"

한빈이 묻자, 홍칠개가 목을 길게 뺐다.

"이 부분을 치면 내가 고통을 느끼지 못할 것이야."

"고통이라니요?"

"그 검으로 내 목을 치려는 게 아니냐?"

"제가 왜 사부님의 목을 칩니까?"

"그야 내가 받을 고통을 줄여 주기 위해서가 아니느냐? 그게 제자의 도리고 말이다."

"제발 정신 차리십시오."

"그럼 뭘 하려는 것이냐?"

"이제부터 사부님을 구해 내야죠. 제가 신호를 보내면 귀식대법을 펼치십시오.”

“귀식대법이라니?”

“저 마물은 사람의 생기를 먹잇감으로 삼고 있습니다. 지금은 천수현갑 때문에 사부님의 생기를 빨아들이지 못하지만, 만약에 조금의 빈틈이라도 생긴다면 활동을 다시 시작할 것입니다.”

“그렇다면…….”

“저는 사부님과 혈금을 떼기 위해 빈틈을 만들 겁니다. 그 빈틈을 이용해서 천수현갑을 혈금과 함께 사부님에게서 벗겨 낼 것이고요. 만약 실패한다면…….”

“실패한다면?”

“그때는 손 털고 나가겠습니다.”

한빈이 어깨를 으쓱하자, 홍칠개의 눈이 커졌다.

그 모습에 한빈이 다시 말을 이었다.

“우리가 사제지간이지만, 공짜는 없는 거 아시죠? 나중에 개방의 비급 하나 정도는 내놓으셔야 할 겁니다.”

“흠.”

“그리고 쓸 만한 정보도요……. 사부님.”

말을 마친 한빈이 씩 웃었다.

그 웃음에 홍칠개가 고개를 끄덕였다.

대가를 말하면서 짓는 한빈의 미소에는 분명히 자신감이 우러나오고 있었다.

순간 삶을 포기하고 마물과 함께 동귀어진하려던 홍칠개의 눈에 생기가 돌았다.

그때였다.

한빈이 아래쪽으로 손가락 두 개를 폈다.

"셋이 되면 시작하겠습니다."

"지금 셋이라고 했느냐?"

홍칠개가 고개를 갸웃하자, 한빈이 다시 손가락 두 개를 폈다.

"네. 셋이라고 했습니다."

"그게……."

"어쨌든 셋입니다."

한빈은 다시 손가락 두 개를 폈다.

그러고는 아무렇지 않게 숫자를 세기 시작했다.

"하나, 둘!"

한빈이 손을 뻗자, 홍칠개는 눈을 감았다.

한빈이 속이려고 한 것은 혈금이었다.

사람처럼 생각하는 놈이기에, 말도 알아들을 것이라고 생각했기 때문이다.

홍칠개가 완벽하게 귀식대법을 펼쳤다.

마치 석상이 된 것처럼 홍칠개의 몸에서는 생기가 지워졌다.

코로 들이켜던 들숨이 끊긴 것뿐만 아니라 피부에서조차

생기가 끊겼다.

홍칠개는 마치 고목처럼 아무 의미 없이 가부좌를 튼 채 앉아 있었다.

한빈과의 약속대로 귀식대법을 펼친 것이다.

이제 한빈의 차례였다.

한빈은 조용히 손을 뻗었다.

한빈의 손과 맞닿은 천수현갑이 슬쩍 반응했다.

한 치의 틈도 없이 달라붙었던 천수현갑에 빈틈이 생긴 것 이다.

천수현갑도 다른 물건들과 마찬가지로 용린의 기운에 반 응했다.

순간 안쪽에 가려졌던 혈금이 꿈틀하며 슬쩍 움직였다.

다행히도 공명통은 이미 홍칠개의 몸에서 떨어져 있었다.

생기를 잃은 홍칠개를 벗어나 새로운 먹잇감을 찾기 위해 서인 듯했다.

한빈은 재빨리 천수현갑을 들었다.

순간 혈금의 촉수가 한빈의 손을 휘감았다.

놈은 한빈을 새로운 먹잇감이라고 생각하는 것이 분명했 다.

한빈은 촉수에 휘감긴 손을 번쩍 들었다.

이것은 한빈이 의도한 바였다.

잠시 동안 한빈 자신이 새로운 미끼가 되기로 한 것이다.

힘이 약해진 혈금은 한빈이 충분히 통제할 수 있었다.

순간 한빈의 손끝에 천수현갑이 쓱 들렸다.

천수현갑은 홍칠개의 몸에서 완벽하게 분리되었다.

지금 천수현갑 안쪽에 남아 있는 것은 혈금밖에 없었다.

그때였다.

그 틈을 놓치지 않고 혈금의 공명통이 데구루루 천수현갑 밖으로 기어 나왔다.

한빈은 공명통 안에 있는 혈금의 본체를 얼핏 보았다.

공명통 안에는 핏빛 덩어리가 꿈틀대고 있었다.

마치 사람의 심장처럼 꿀렁이면서 살아 숨 쉬는 듯 보였다.

놈은 도망가지 않았다.

이곳에 있는 먹잇감은 한빈밖에 없었다.

놈의 촉수가 한빈의 손을 더욱 세게 휘감았다.

그 촉수를 타고 놈이 한빈의 심장으로 빠르게 다가왔다.

순간 한빈은 핏덩이 사이로 일렁이는 기운을 보았다.

그것은 다름 아닌 천외천급 구결의 흔적.

아무래도 강호의 흩어진 구결은 대상이 강하다면 어디든 붙어 있는 것 같았다. 사람이든 마물이든 아니면 영물이든 말이다.

한빈은 월아에 용린의 기운을 모았다.

다른 초식은 필요 없었다.

한빈은 최대한 용린의 기운을 끌어모았다.

월아의 끝에 백색의 기운이 맺혔다.

새벽이슬보다 영롱한 기운이 청아한 향기를 뿜어냈다.

용린의 기운이 뭉쳐지며 결정체가 만들어진 것이다.

한빈은 재빨리 다가오는 혈금의 본체를 향해 월아를 밀어 넣었다.

용린의 기운을 알아본 혈금의 본체가 후다닥 뒤로 물러났다.

하지만 한빈이 더 빨랐다.

한빈이 손을 휘감고 있던 촉수를 잡아당긴 것이다.

휘익!

놈이 힘없이 검 끝을 향해 딸려 들어왔다.

힘을 잃은 혈금의 공명통에 월아가 박혔다.

슉!

월아의 검신에 매달린 혈금.

그 안에서 핏덩이가 몸부림쳤다.

한빈은 재빨리 고개를 돌렸다.

눈앞에 뜬 글귀 때문이었다.

[용안으로 초식을 확인합니다.]

하지만 다음 글귀는 확인하지 못했다.

지금 중요한 것은 혈금을 처리하는 일이기 때문이다.

한빈은 조용히 천수현갑을 들어 월아를 덮었다.

순간 천수현갑이 서서히 월아를 감쌌다.

순간 한빈은 재빨리 월아를 빼내었다.

이제 먹색의 갑옷 안에 남은 것은 혈금밖에 없었다.

그렇게 한빈은 그렇게 홍칠개와 혈금을 분리했다.

놈을 천수현갑 안에 가두었다.

옆을 힐끔 보니, 홍칠개는 아직도 귀식대법을 펼치고 있었다.

한빈은 홍칠개의 어깨를 톡톡 쳤다.

"사부님, 이제 눈을 뜨셔도 됩니다."

홍칠개가 조용히 눈을 뜨더니 주변을 살폈다.

주변을 살피던 홍칠개는 멍한 표정으로 한빈을 바라봤다.

"대체 어떻게 된 것이냐? 혈금은 어디 갔고? 아니, 내가 꿈이라도 꾼 것이냐?"

"이제 대충 상황은 정리되었습니다."

"정리라……."

홍칠개는 말을 잇지 못했다.

근처에서 묘한 소리가 들려왔기 때문이다.

드드득.

그 소리에 한빈도 고개를 돌렸다.

천수현갑이 있는 쪽이었다.

천수현갑은 사람 머리통만 한 크기로 줄어 있었다.

그것도 잠시, 천수현갑이 부풀어 올랐다.

아마도 혈금이 천수현갑에서 벗어나려는 듯 보였다.

눈 깜짝할 사이에 다시 줄어드는 천수현갑.

마치 두 물건이 싸우는 것만 같았다.

벗어나려는 혈금과 가두려는 천수현갑의 싸움.

한빈의 싸움은 끝났지만, 그들의 싸움은 계속되고 있는 것이다.

한빈은 조용히 어딘가를 바라봤다.

물론 이 싸움의 보상을 확인하기 위함이었다.

[천외천급 구결, 무(無)를 획득하셨습니다.]

[천외천급 : 무(無)]

무(無)라?

다음에 완성될 천외천급 초식은 무엇일까?

의문도 잠시, 글귀를 보고 있자 갑자기 마음이 평온해진다.

한빈은 옆에서 일어나는 소란과는 달리, 마치 도인처럼 허허로운 표정으로 허공을 바라봤다.

그때 뒤쪽에서 홍칠개의 헛기침 소리가 들려왔다.

고개를 돌려 보니, 홍칠개가 수염을 어루만지며 입술을 달싹이고 있었다.

"왜 그러십니까? 사부님."

"대체 어찌 된 일이냐?"

홍칠개가 혈금을 덮고 있는 천수현갑을 가리켰다.

그 모습에 한빈이 말을 이었다.

"사부님이 더 잘 알 것이 아닙니까?"

"그게 무슨 말이더냐?"

"사부님이 혈금을 봉인할 수 있는 게 천수현갑이라고 하지 않았습니까?"

한빈이 고개를 갸웃하자, 홍칠개가 조심스럽게 입을 열었다.

"그건……."

다시 말을 끊는 홍칠개의 모습에, 한빈이 재빨리 물었다.

"대체 어떻게 된 일입니까?"

"흠, 그러니까……."

말을 이으려던 홍칠개가 눈을 가늘게 뜨며 다시 주변을 바라봤다.

"여긴 우리 둘밖에 없습니다."

"잠시만 기다리거라."

홍칠개는 잠시 대화를 멈추고 자신의 단전을 어루만졌다.

마치 내공을 확인하는 듯했다.

한빈은 고개를 갸웃하며 그 광경을 말없이 바라봤다.

아무리 생각해도 단전을 직접 만져 내공을 확인하는 방법
이라니, 듣도 보도 못했다.

개방에는 저런 신기한 방법이 있는 것일까?

그때 단전을 확인하던 홍칠개가 한숨을 쉬었다.

"아무래도 안 되겠구나. 기막을 펼치려고 했지만, 힘이 부
족해."

"그런데 단전을 만지면 남아 있는 내공이 확인되는 겁니
까? 그게 개방의 수법입니까?"

한빈이 묻자, 홍칠개가 황당하다는 표정으로 고개를 갸웃
했다.

"내공이라니, 그게 무슨 말이냐?"

"지금 단전을 어루만지시지 않았습니까? 내공을 확인하기
위한 방법이 아닙니까?"

한빈이 단전을 어루만지는 홍칠개의 손을 가리켰다.

그는 아직도 오른손으로 단전을 어루만지고 있었다.

자신의 손을 본 홍칠개가 헛웃음을 터뜨렸다.

"하하. 내공을 확인한 것이 아니라 배가 고파서 만져 본 것
이다. 내공보다는 밥 힘이 부족하구나."

"아."

한빈이 입을 벌리자, 홍칠개가 낮은 목소리로 말을 이었
다.

"기막을 부탁한다."

"알겠습니다, 사부님."

한빈은 용린의 기운을 끌어올렸다.

한빈은 두 가지 내공을 쓸 수 있다.

하나는 순수한 본신의 힘이요.

또 하나는 용린의 기운이었다.

한빈도 둘 사이에 어떤 차이가 있는지는 몰랐다.

본신의 내공으로도 부족한 용린의 기운을 모을 수 있으니 말이다.

하지만 지금은 용린의 기운만을 썼다.

아무래도 그래야 될 것 같아서였다.

한빈의 전신에서 빠져나간 희미한 기운이 주변에 흩어졌다.

흩어진 기운은 적당한 거리에서 멈췄다.

그 기운은 한빈의 주변에 보이지 않는 장막을 만들었다.

그 모습을 본 홍칠개가 입을 벌렸다.

"역시 힘을 숨기고 있었구나."

"힘을 숨기다니요? 원래 이 정도는 했습니다."

"역시 내가 사람을 잘 봤어."

홍칠개가 기분 좋게 웃었다.

그의 웃음은 진심이었다.

오늘의 일로 자랑거리가 하나 더 생겼으니 말이다.

홍칠개에게 한빈은 유일한 낙이었다.

그는 이럴 줄 알았으면 제자를 조금 더 일찍 들였을 것이라는 후회까지 하고 있었다.

"그건 그렇고, 왜 기막을 펼치라 하시는 겁니까?"

"밤말은 새가 듣고 낮말은 쥐가 듣는다는 강호 속담이 있지 않으냐?"

홍칠개가 주변을 가리키자, 한빈이 눈을 가늘게 떴다.

"그거 반대 아닙니까?"

"요즘은 이게 맞다고 본다. 밤에는 새까지 조심해야 하는 법이지."

"흠, 그런 의미에서는 좋은 말이군요."

한빈도 인정할 수밖에 없었다.

강호에는 노인, 여자 그리고 아이를 조심하라는 말이 있었다.

그 말은 즉 경계하지 않아도 될 대상이 가장 위험하다는 뜻이었다.

강호의 속담도 마찬가지다.

밤에 쥐를 조심해야 하는 것은 당연한 일이다. 그런데 경험상 정작 조심해야 할 것은 소리 없는 새일 경우가 많았다.

"중요한 건 요즘 이상하리만큼 개방의 정보가 새고 있다는 점이다. 마치 보이지 않는 수법으로 관찰당하는 것 같기도 하지. 나뿐 아니라 중원의 모든 거지를 지켜보고 있다는 느낌이 든다. 물론 이것은 내 느낌일 뿐이다."

홍칠개는 다시 주위를 살폈다.

그 모습에 한빈이 물었다.

"어떤 근거로 그렇게 단정하시는 겁니까? 누가 거지를 관찰한다는 말입니까? 제자는 이해가 되지 않습니다."

한빈이 눈을 가늘게 떴다.

그도 그럴 것이, 개방이 정보에 있어서 강호 으뜸이 된 이유는 중원에 흩어져 있는 수많은 눈과 귀 때문만은 아니었다.

사람들이 그 눈과 귀를 조금도 신경 쓰지 않았기 때문에 정보가 모여들 수 있는 것이다.

그런데 거지를 관찰하는 자가 있다고?

아니 그보다 어떻게 그 수많은 거지를 관찰한다는 말인가?

개방의 거지가 매듭을 숨기면 그냥 보통 걸인으로 보이기 마련이었다.

거기에 무공을 익히지 않은 개방의 거지는 한빈도 구별하기 힘들었다.

한빈이 고개를 갸웃하자, 홍칠개가 진지한 표정으로 입을 열었다.

"내 정체가 발각된 게 그 증거이니라."

"사부님의 정체라니요?"

"나는 얼마 전에 혈금의 정보를 입수했다."

"흠. 계속 말씀하시지요."

"일단 나는 거지의 신분을 숨기고 그 정보에 따라 혈금의 행방을 쫓고 있었다. 그런데 이곳에서 내 신분이 발각된 것이지."

"네?"

한빈이 눈을 크게 떴다.

그 모습에 홍칠개가 그럴 줄 알았다는 듯 고개를 끄덕였다.

"너도 놀랄 줄 알았다. 완벽한 내 변장을 파악하다니 분명히 정보가 새어 나간 게지."

"사부님, 죄송하지만 그건 착각 같습니다."

"착각이라고?"

홍칠개가 의아한 표정으로 묻자, 한빈이 허탈하게 웃었다.

"지금 그 모습을 변장이라고 생각하십니까?"

"내 모습이 이상하더냐? 나는 그냥 평범한 노인으로……."

"지금의 모습은 그냥 누가 봐도 거지입니다."

"내가 가진 옷 중에 그나마 깔끔한……."

"제가 드린 옷은 어디다 두셨습니까?"

"그야 지금 입고……."

홍칠개는 말을 얼버무렸다.

그도 그럴 것이, 제자를 만날 때는 한 가지 규칙이 있었다.

목욕을 하고 제자가 준 무복으로 갈아입는 것이다.

그렇게 하지 않으면 제자에게 쉴 새 없이 잔소리를 들었다.

그런데 그 옷에는 생각지도 못한 하자가 있었다.

길이 들지 않은 새 옷은 마치 칼날을 온몸에 꽂고 있는 듯한 착각이 들게 만들었던 것.

그래서 그 옷을 길들이려고 다른 거지들한테 입혔다.

어느 정도 길이 든다면 다시 홍칠개가 입었다.

그 옷이 지금 입고 있는 옷.

하지만 홍칠개는 길이 든 옷이 이미 거지꼴이 되어 있었다는 것은 잊고 있었다.

그래서 그게 평범한 복장이라고 생각했던 것이다.

한빈이 홍칠개의 옷을 가리켰다.

"분명히 제가 준 옷이 맞군요. 그런데 왜 이렇게 된 겁니까? 이리 입으시면 누가 봐도 사부님인 걸 알겠죠."

"거지라는 걸 알아도 나라는 걸 어찌 안다는 말이냐?"

"그 옷 사이로 매듭이 삐져나왔으니까요."

"대체……."

홍칠개는 자신의 의복을 다시 살폈다.

한빈의 말대로였다.

허리에 묶어 놓은 매듭은 바지 안쪽으로 밀어 넣은 상태. 하지만 그 바지가 다 해어져 안이 훤히 비친다는 점이 중요했다.

매듭을 확인한 홍칠개가 어색하게 웃었다.

"이건 납치된 후 생긴 흠 같다만은……."

"아무리 봐도 닮은 모양이 한두 달 전에 생긴 흔적입니다. 그리고 그 수염의 모양과 음식을 좋아하는 사부님의 성격을 보면 누가 봐도 알아볼 수밖에 없습니다."

한빈이 웃었다.

물론 감시당하고 있다는 홍칠개의 말을 모두 흘려들은 것은 아니었다.

한빈의 표정을 본 홍칠개가 헛기침하며 수염을 만졌다.

"흠."

"그런데 그 정보는 어디서 들으셨습니까?"

한빈이 목소리를 낮추자, 홍칠개가 진지한 표정으로 말을 이었다.

"중원칠악이라고 들어 보았느냐?"

"중원칠악이라니요? 저는 처음 들어 봅니다."

"혈금은 아는데 중원칠악을 모른다는 말이더냐?"

"모르니 묻습니다. 혹시 마교를 뜻하는 겁니까?"

"마교와는 별개로 나타난 악인들이다. 그들이 사용하는 물건 중 하나가 바로 혈금이었다. 그들을 막기 위해서 수백 년 전 마교와 힘을 합쳤다는 이야기가 전해진다."

그의 말에 한빈은 눈을 가늘게 떴다.

문서로도 남아 있지 않는 역사가 분명했다.

한빈의 표정을 본 홍칠개가 다시 말을 이었다.

"이 이야기는 개방의 일급 비밀이니 꼭 너만 알고 있어야 한다."

"네. 알겠습니다, 사부님."

"마교와 힘을 합쳤지만, 그들을 막기에는 역부족이었다. 그때 등장한 것이 바로 칠대선인이었다."

"칠대선인이라면……."

"그들의 정확한 이름은 모른다. 중원을 구하고 말도 없이 사라졌으니까. 칠대선인이 사용했던 무기는 무림 칠대기보라는 이름으로 전해져 내려왔지."

"그럼 중원칠악이 사용하던 물건 중 하나가 혈금이라면? 나머지 물건은 무엇입니까?"

"그건 나도 모른다. 어쨌든 칠대선인은 중원칠악을 신장의 어느 동굴에 가뒀다고 전해지지. 나중에 그곳에 가 보니 그들이 쓰던 무기만 남았다고 하더구나."

"흠."

"그 무기를 회수해서 봉인한 조직 중 하나가 바로 개방이었다. 그리고 그때의 일은 함구하기로 하고 봉인한 혈금을 이제까지 숨기고 있었던 것이지."

"숨겼다고요?"

"그래, 숨겼지만 도둑맞았다. 그것을 지금 찾으러 가던 중이었고. 이걸 보거라."

홍칠개는 품속에서 종이 한 장을 꺼냈다.

그것을 건네받은 한빈이 재빨리 내용을 살폈다.

그곳에는 다름 아닌 혈금의 모양이 적혀 있었다.

그리고 특징과 봉인 방법까지 말이다.

하지만 그 외의 정보는 어디에도 없었다.

"이게 전부입니까?"

"아니, 하나 더 있다."

홍칠개는 재빨리 품속에서 주머니 하나를 꺼냈다.

그 주머니를 본 한빈은 고개를 갸웃했다.

왠지 천수현갑의 재질과 비슷했기 때문이다.

"혹시 여기에 봉인되어 있던 겁니까? 그런데 크기가……."

한빈은 말을 맺지 못했다.

옆쪽에 있던 천수현갑이 들썩이기 시작했기 때문이다.

마지막 발악을 하는 것처럼 보였다.

결국 들썩들썩하더니 급격히 쪼그라들기 시작했다.

혈금을 감싼 천수현갑은 눈에 띄게 작아졌다.

사람의 머리통만 했던 것은 이제 주먹만 하게 변했다.

한빈은 홍칠개가 건네준 주머니와 지금 천수현갑의 크기를 비교했다.

쪼그라든 혈금의 본체를 보관하기 위해 만든 주머니 같았다.

한빈의 표정을 본 홍칠개가 말을 이었다.

"다시 여기에 넣어야 한다."

"대충 어찌 봉인해야 하는지는 알 것 같군요."

한빈은 고개를 끄덕였다.

한빈은 조용히 천수현갑을 들었다.

순간 천수현갑이 살짝 들떴다.

한빈은 재빨리 천수현갑 안으로 주머니를 집어넣었다.

손안에서 물컹한 감촉이 느껴졌다.

해금의 흔적이라고는 볼 수 없는 불쾌한 감촉에, 한빈은 재빨리 주머니를 펼쳤다.

주머니를 펼치자 불쾌한 감촉은 순식간에 사라졌다.

한빈은 이제야 혈금의 봉인 방법을 알 것 같았다.

혈금의 크기를 줄이는 것은 천수현갑, 그 줄어든 혈금을 완벽하게 가두는 것은 바로 이 주머니인 것이다.

한빈은 천수현갑에서 손을 뺐다.

오른손에는 주먹만 한 구슬이 들려 있었다.

주머니가 완벽하게 혈금을 감싸다 보니 구슬 모양이 된 것이다.

한빈은 주먹만 한 백색 구슬을 건넸다.

그러고는 뭔가 생각난 듯 허리춤에서 주머니 하나를 더 꺼내 그것을 넣었다.

이유는 간단했다.

홍칠개가 준 문서에 의하면, 사람의 피가 묻게 될 시 봉인이 해제된다고 한다.

한빈이 감싼 천은 다름 아닌 천잠사로 만든 물건이었다.

천잠사로 감싸 놓게 되면 앞으로 사람의 피가 묻을 염려는 없었다.

한빈이 천잠사로 감싼 주머니를 건넸다.

"여기 있습니다."

"네가 가지고 있거라."

홍칠개가 고개를 저으며 주머니를 다시 한빈에게 밀었다.

그 모습에 한빈이 의심 가득한 눈으로 홍칠개를 바라봤다.

"사부님, 무슨 뜻입니까? 개방이 보관하던 것을 왜 제가 맡습니까?"

"너도 개방의 제자가 아니더냐?"

"그건 정확하게 짚고 넘어가시죠. 저는 사부님의 제자지, 개방의 제자는 아닙니다."

"오해가 있는 듯하구나."

"무슨 오해입니까?"

"내 제자라는 위치와는 상관없이 너는 개방의 사람이다."

"자, 잠시만요."

"이 사제 계약서와는 관계없다는 말이지. 본래 개방에 공을 세운 자는 개방의 직위를 준다는 것이 방칙이다. 자, 이 매듭을 받거라."

홍칠개가 근엄한 눈빛으로 매듭을 건넸다.

개방의 신분을 나타내는 매듭을 본 한빈은 아무 표정 없이 입술을 뗐다.

"생각 좀 해 보겠습니다."

"이 매듭을 받지 않겠다는 것이냐?"

홍칠개가 황당하다는 듯 한빈을 바라봤다.

한빈은 매듭을 보고는 눈을 가늘게 떴다.

개방의 사결 제자라?

어찌 보면 분타 하나 정도는 쉽게 부릴 수 있는 위치였다.

하지만 그건 다른 이들의 생각이고, 한빈의 생각은 달랐다.

중요한 것은 이득이었다.

지금도 마음대로 개방을 이용할 수 있는데 뭐 하러 그 지위를 받겠는가?

그 모습에 홍칠개가 슬쩍 상체를 기울이며 진지한 표정을 지었다.

"이건 둘도 없는 기회다, 제자야."

"어찌 그게 기회가 됩니까?"

"공짜로 지역의 분타 하나 정도는 부릴 수 있는 지위다. 그러니 이득이 아니겠느냐?"

"지금도 편하게 이용하고 있습니다."

한빈이 씩 웃으며 고개를 돌렸다.

그 모습에 홍칠개가 친근한 눈빛을 지었다.

"지금은 돈이 들지 않느냐? 이것은 개방의 호의이자 내 호의이다."

"개방의 분타를 부릴 수 있는 지위이면서 개방의 분타 하나를 먹여 살려야 하는 위치이기도 하죠."

한빈이 손을 들어 매듭을 쓱 밀어 내자, 홍칠개가 의미심장한 미소를 지었다.

"권리만 있고 의무는 없다면?"

"그래도 싫습니다."

"흠……."

홍칠개가 실망한 표정으로 자신의 오른손에 들린 매듭과 한빈을 번갈아 봤다.

그 모습에 한빈이 말을 이었다.

"그냥 사부님의 제자로 남는 것이 좋습니다. 생각해 보십시오. 수십만 개방도 중 한 명보다는 사부님의 제자가 돋보이지 않겠습니까?"

"오호."

홍칠개가 눈을 빛냈다.

마치 보물을 바라보는 듯한 눈빛을 한 홍칠개는 연신 수염을 쓸어내렸다.

누가 봐도 만족스러운 표정.

그는 본래 거짓말을 못 하는 사람이었다.

거짓말을 할 수 있었다면, 아마도 거지가 아니라 관리가 되었을 것이다.

그는 지금 진심으로 만족스러웠다.

개방의 골치를 해결해 준 제자를 개방도로 받고 싶은 것은 그의 욕심이었다.

하지만 한빈의 이야기를 듣고 나니 개방 사람으로 만들어야겠다는 생각은 완전히 사라졌다.

그때 한빈이 말했다.

"이제는 밖으로 나가는 게 우선인 것 같습니다. 일단 매듭과 주머니는 사부님 품에 넣어 주시죠."

한빈이 부드럽게 미소를 피워 냈다.

하지만 속으로는 안도의 숨을 들이켜고 있었다.

생각해 보면 이것은 득보다 실이 더 많았다.

지금의 분위기라면 홍칠개가 어떤 부탁을 해도 들어줄 터.

사건이 생겼을 때 굳이 한빈이 직접 개방에 부탁하지 않아도 되었다.

부탁할 일이 있으면 홍칠개나 광개에게 말하면 될 일.

즉, 어차피 공짜라는 말이었다.

공짜로 부릴 수 있는 개방에 왜 들어간다는 말인가?

거기에 개방에 들어가는 즉시, 정의맹뿐 아니라 개방이라는 조직의 통제를 직접 받게 된다.

사파와의 거래도 끝내야 될지도 모른다는 말이었다.

그렇게 되면 강남 사도련의 독고진과의 관계도 어색해질 것이다. 어떻게 보든 남는 것이 없는 거래였다.

물론 한빈의 대답에 만족한 홍칠개도 얼굴 가득 미소를 지었다.

"알겠다, 제자야."

"그럼 저는 마저 기관 장치를 해제하겠습니다."

"알겠다."

"참, 오늘 이곳에서 있었던 일은 비밀입니다. 사부님."

"비밀이라……."

"제가 천수현갑을 가지고 있는 것도, 제가 혈금을 봉인한 것도 말입니다. 개방에 비밀이 있듯이 제게도 비밀이 있습니다. 그 비밀을 사부님께 오늘 보여 드린 거고요."

한빈의 말에는 빈틈이 없었다.

지금 개방의 비밀을 지킬 테니 자신의 비밀도 지켜 달라는 말이다.

홍칠개가 기분 좋게 고개를 끄덕였다.

그 모습을 확인한 한빈은 조용히 남은 기관 장치 앞으로 갔다.

뒤쪽에서는 계속해서 열기가 밀려드는 상황.

이대로 시간을 보내면 홍칠개나 자신 모두 위험하다는 것을 알고 있었다.

한빈은 재빨리 초식들을 확인했다.

'금의환향!'

순간 용린의 기운이 회복되기 시작했다.

스스슥.

마치 용린의 기운이 심장을 타고 들어오는 느낌도 들었다.

이제 다시 초식을 전개할 여력이 생긴 한빈은 천천히 앞으로 걸어갔다.

이번에도 문 앞에는 새로운 문양이 빼곡했다.

한빈은 월아를 들고 조용히 문을 바라봤다.

뒤쪽에서 지켜보던 홍칠개가 깜짝 놀라 물었다.

"대체 저게 무엇이냐?"

"문을 열고 나니 또 다른 문이 있었습니다."

"그럼 첫 번째 문을 열었다는 말이냐? 문양도 모르는 네가 어찌……."

홍칠개는 놀라는 눈치였다.

아마도 혈금의 시선을 끄느라 한빈의 진룡파혼검을 못 본 모양이었다.

"그럼 지금부터 제가 문을 여는 방법을 보여 드리겠습니다. 하지만 이것도 사부님과 저만의 비밀입니다."

"좋다. 어서 열어 보려무나."

홍칠개가 고개를 끄덕이자, 한빈이 월아를 내밀었다.

'진룡파혼검.'

이전과 마찬가지로 용린의 기운이 가슴을 거쳐 양팔을 통해 월아에 맺혔다.

스르륵.

새벽에 이슬이 맺히듯 검 끝에 형상화된 용린의 기운.

한빈이 월아를 내뻗자, 눈 깜짝할 사이에 앞쪽의 공간이 삭제되었다.

하지만 그 뒤에 또 다른 문이 있었다.

물론 홍칠개는 뒤쪽에 문이 하나 더 있다는 것에 놀라지 않았다.

그저 한빈의 진룡파혼검에 넋이 나간 듯 입을 벌렸다.

"대체……."

"전부 사부님 덕분입니다."

"나는 저걸 가르친 적이 없다."

"사부님이 가르쳐 주신 무공이 기본에 깔려 있기에 가능한 일이었습니다."

"흠."

홍칠개는 수염을 쓸어내리며 멋쩍게 웃었다.

물론 한빈은 진심을 말했다.

홍칠개가 가르쳐 준 구걸십팔보가 없었더라면?

아마도 천외천급 초식을 익히기도 전에 요절했을지도 몰랐다.

그만큼 구걸십팔보 덕분에 넘긴 위기가 많았다.

잠시 후.

한빈은 숨을 몰아쉬었다.

남은 힘을 다해 문을 열었지만, 아직도 문이 남아 있었다.

숨을 몰아쉬던 한빈이 홍칠개를 바라봤다.

"혹시 남아도는 영약 있습니까? 있으면 하나만 주시죠. 나중에 제가 갚겠습니다, 사부님."

"허허. 평소에 영약을 가지고 다니는 사람이 어디 있느냐? 차라리 그 초식을 내게 가르쳐 주거라. 그럼 내가 한번 그 문을 열어 보마."

"그러시겠습니까?"

"그래 보마."

"사부님에게 무공을 가르쳐 드린다는 것이 조금…….."

"괜찮다. 부처도 모자라는 부분은 제자에게 배웠다고 하지 않느냐? 우리 거지도 모자라는 밥은 제자에게 얻어먹는다."

"비유가 좀 이상하지만, 일단 설명해 드리겠습니다. 잘 들으십시오. 이건 파혼검이라는 초식입니다. 육체뿐 아니라 혼까지 날려 버리는 위력 때문에 붙여진 이름이죠. 가장 중요한 것은 온몸에 흩어진 기운을 이렇게…….."

한빈은 기운의 흐름을 홍칠개에게 설명했다.

진룡파혼검이 아닌 파혼검은 용린의 기운이 없어도 익힐 수 있는 검법이었다.

설화와 청화 그리고 심미호까지 익히고 있는 것이 파혼검이었다.

그중 심미호는 파혼검의 초식을 곡괭이에 담아서 쓸 수 있었다. 덕분에 중원제일의 광부가 되었다는 것은 그들만이 아는 비밀이었다.

그렇다면 홍칠개의 파혼검은 어떨까?

한빈은 뒤쪽을 힐끔 바라봤다.

녹아내린 쇳물이 점점 가까이 흘러들고 있었다.

치지직.

지하로 흘러든 쇳물은 바닥을 녹이고 있었다.

하지만 다시 진룡파혼검을 쓰기 위해서는 시간이 필요했다.

그 시간 동안 파혼검을 홍칠개에게 전하려는 것이다.

파혼검을 전수하면서 한빈은 놀람 반 의문 반의 눈빛으로 홍칠개를 바라봤다.

사실 한빈은 홍칠개가 이렇게 빨리 배울 줄은 상상도 못했다.

무공 천재에 가까운 설화조차도 파혼검의 원리를 이해하는 데는 며칠이 걸렸었다.

그런데 홍칠개는 단 반 시진 만에 기본 원리를 깨달았다는 듯 미소를 짓고 있었다.

"잘 들었다, 제자야. 기의 흐름을 그렇게 보내면 된다는 게 아니냐? 검 좀 줘 보아라."

"진짜 이해하신 겁니까?"

"내가 누군지 아느냐?"

"누구긴 누굽니까? 제 사부님이 아닙니까?"

"내 별호 말이다. 바로 무제자가 아니더냐! 너도 알다시피

나는 만족할 만한 인제를 본 적이 없어서 제자를 거두지 못했었지. 물론 너를 제외하고는 말이다."

"그런 말씀을 지금 왜 하시는 겁니까?"

"그 얘기는 내 재능을 뛰어넘는 자가 세상에 없었다는 뜻이기도 했다. 그냥 눈이 높아서 제자를 거두지 못했던 것이 아니라고 말하고 싶은 게다."

"일단 알겠습니다. 여기 있습니다."

한빈은 월아를 홍칠개에게 맡겼다.

월아를 건네면서도 한빈은 고개를 갸웃했다.

이해하는 것과 행하는 것에는 차이가 있었다.

진짜로 반 시진 만에 파혼검의 기본 원리를 이해했다고 해도, 그것을 펼치는 것은 다른 이야기였다.

사실 한빈은 홍칠개가 완벽하게 이해했다고 하니 그냥 믿을 수밖에 없었다.

사부인 홍칠개가 자신에게 거짓을 말할 리는 없으니 말이다.

하지만 이 불길한 예감은 무엇일까?

한빈은 다시 한번 홍칠개를 바라봤다.

무공의 발견

홍칠개는 푸근한 표정으로 얼굴 가득 미소를 짓고 있었다.

한빈은 일단 지켜보기로 했다.

홍칠개는 사부, 그리고 자신은 제자의 신분이었다.

여기서 진짜 이해한 것이냐고 묻는다면 사부에 대한 예의가 아니었다.

월아를 잡은 홍칠개는 한 손으로 검을 쥐고 호흡을 가다듬었다.

모습만 보면 걸인이 아닌 도인의 검이라고 해야 할 것 같았다.

순간 홍칠개의 발아래가 부르르 떨렸다.

용천혈에서 뿜어져 나오는 기운 때문이다.

미세하게 흩어지는 흙먼지.

이것은 한빈의 파혼검에서는 볼 수 없는 현상이었다.

한빈은 일단 계속해서 바라봤다.

순간 홍칠개의 기운이 그의 혈맥을 타고 빠르게 흐르기 시작했다.

이제 가슴으로 모은 기운을 양팔의 혈맥을 통해 방출하면 되었다.

홍칠개를 바라보던 한빈은 고개를 갸웃했다.

질풍노도와 같이 기운이 혈맥을 뛰어다니는 것은 이상하지 않았다.

하지만 기운이 이상하게도 가슴, 즉 중단전 쪽으로 향하지 않았다.

벌써 중단전으로 향했어야 할 기운은 점점 세를 불리고 있었다.

언덕 위에서는 작은 눈덩이었던 것이, 굴러가며 아래에서는 집채만 한 크기로 변하는 이치와도 같았다.

먼지만 한 기운들은 시간이 지날수록 세력을 늘리고 있었다.

저리되면 혈맥이 버틸 수 없었다.

저런 강대한 기운이 누빈다면 혈맥은 걸레가 될 것이 뻔했다.

한빈은 홍칠개를 향해 재빨리 손을 뻗었다.

홍칠개의 날뛰는 기운을 막기 위함이었다.

한빈이 홍칠개의 등에 손을 대었을 때였다.

세력을 부풀리던 기운들이 일제히 홍칠개의 양팔로 뻗어나갔다.

마치 용린의 기운을 두려워하는 듯 말이다.

순간 월아의 끝에 바늘과 같은 기운이 뭉쳤다.

마치 고드름이 하늘을 향해 뻗은 것 같았다.

한빈의 기운과는 모양부터가 달랐다.

한빈이 만들어 낸 파혼검의 기운이 둥근 구슬 모양이라면, 홍칠개가 만들어 낸 기운은 뾰족했다.

의문도 잠시, 바늘과 같은 기운은 정면을 향해 쏟아졌다.

슝!

파혼검의 기운을 발출한 홍칠개는 그 자리에서 털썩 주저앉았다.

그도 그럴 것이, 몸이 완전히 회복되지 않은 상태에서 무리하게 기운을 운용했으니 탈이 나지 않을 수 없었다.

한빈의 부축을 받은 홍칠개가 앞을 보고 눈을 크게 떴다.

"내가 잘못 이해했구나. 허허."

홍칠개는 어이없다는 표정으로 한숨을 내쉬었다.

그가 실망한 이유는 간단했다.

아무리 봐도 앞쪽 벽에 변화가 없었다.

실망한 홍칠개를 보고 한빈은 조용히 벽에 다가갔다.

홍칠개는 실망하고 있지만, 분명 파혼검의 기운이 벽을 통과했다.

설화나 심미호에게는 찾아볼 수 없는 맹렬한 기운이 말이다.

그런데 이렇게 멀쩡할 수 있다니?

한빈은 그게 의문이었다.

의문도 잠시, 한빈이 눈을 가늘게 떴다.

벽면에서 수상쩍은 흔적을 발견했기 때문이었다.

그것은 작은 바늘이 지나갈 정도의 구멍이었다.

소위 말하는 바늘구멍.

분명히 이전에는 못 보던 흔적이었다.

한빈은 그곳을 검지로 톡 하고 쳤다.

내공도 실리지 않은 한 수였다.

잠시 벽을 바라보던 한빈은 재빨리 뒤로 물러났다.

파바박.

방아깨비가 뛰듯 뒤쪽으로 한참 물러난 한빈.

급하게 움직이는 제자를 본 홍칠개가 물었다.

"무슨 일인 게냐?"

"사부님도 뒤쪽으로 물러나시죠."

"그게 무슨……."

홍칠개는 말을 맺지 못했다. 눈 깜짝할 사이에 무쇠 벽에 균열이 가기 시작했기 때문이었다.

쩌저적.

균열이 생긴 무쇠 벽은 순식간에 무너져 내렸다.

와르르. 탕. 탕.

무쇠 조각이 주변에 나뒹굴자, 홍칠개는 놀란 듯 한빈을 바라봤다.

"대체 이건 무슨 수법이냐? 그 어떤 기운도 느끼지 못했는데 저런 기운이라니! 저것은 일지 대사의 일지신공보다도 놀랍구나. 허허."

허탈하게 웃는 홍칠개를 본 한빈이 나지막이 말했다.

"제가 한 것이 아닙니다."

"그럼 여기에 누가 있다고…….”

"제가 보기에는 사부님이 하신 것 같습니다."

"저걸 내가 했다는 게냐?"

홍칠개는 이해가 안 된다는 듯 무너진 벽을 바라봤다.

그때였다.

뒤쪽에서 쇳물이 밀려왔다.

밀려오는 쇳물의 양은 이전보다 많았다.

가속도가 붙었는지, 밀려 들어오는 양은 숨 한 번 쉴 때마다 계속해서 늘어났다.

치지직.

계속해서 밀려 들어오는 쇳물.

거기에 더해서 주변 공기도 점점 뜨거워졌다.

한빈은 재빨리 자신의 기운을 확인했다.

진룡파혼검을 다시 펼치기에는 시간이 충분치 않았다.

"흠."

침음성을 삼키던 한빈이 무너진 벽과 월아 그리고 숨을 몰아쉬고 있는 홍칠개를 번갈아 보았다.

"사부님."

"왜 그러느냐? 날 책망하려는 것이냐?"

"그게 무슨 말입니까?"

"네가 가르쳐 준 구결도 제대로 펼치지 못했으니 널 볼 면목이 없다. 허허."

"사부님, 그것은 오해입니다. 책망하려는 것이 아니라 그반대입니다."

"그게 무슨 말이냐?"

홍칠개가 눈을 크게 뜨며 묻자, 한빈이 다시 월아를 내밀었다.

"한 번만 더 해 보시죠."

"뭘 해 보라는 말이냐? 제자야."

"지금 펼쳤던 동작을 한 치의 오차도 없이 다시 부탁드립니다. 그게 우리가 살길입니다."

"자, 잠시만 기다려라. 숨 좀 돌리자꾸나, 제자야."

"지금 쉴 틈이 어디 있습니까? 저 뒤를 보십시오."

한빈이 치지직 소리를 내며 밀려오는 쇳물을 가리켰다.

홍칠개도 기관 장치를 해제하지 않으면 벗어날 구멍이 없다는 것을 알고 있었다.

문제는 조금 전 파혼검을 펼치며 겪었던 현상이었다.

홍칠개는 파혼검을 펼칠 때, 자신의 기운을 통제할 수 없었다.

그때 한빈이 친근한 목소리로 말을 이었다.

"지금의 그 초식은 개방 최고의 천재이신 사부님밖에 펼칠 수 없는 절세신공입니다. 사부님은 지금 신공을 창안하신 겁니다."

"신공이라……."

홍칠개가 눈을 빛내며 월아를 다시 들었다.

한빈은 진지한 표정으로 홍칠개를 관찰하기 시작했다.

신공이라는 한빈의 표현은 진심이었다.

진룡파혼검도 아니라 보통의 무인도 펼칠 수 있는 무공이 저런 위력을 내다니!

이것은 신공이라고 칭할 수밖에 없었다.

한빈의 칭찬에 홍칠개가 입가에 호선을 그렸다.

"그래, 네가 날 알아봐 주는구나. 한 번 더 할 테니 잘 보아라."

말을 마친 홍칠개는 다시 기를 모으기 시작했다.

한빈은 손바닥을 홍칠개의 등 가까이에 붙이며 기의 흐름을 읽었다.

사사 삭.

질풍처럼 몰아치는 홍칠개의 기운.

양으로만 따져도 설화나 심미호가 범접 못 할 수준이었다.

홍칠개를 관찰하던 한빈은 그제야 이 무공의 비밀을 알아 냈다.

홍칠개는 한빈의 설명을 거꾸로 알아들은 것이다.

중단전 위쪽의 흐름은 한빈의 설명대로 하고 있지만, 중단 전 아래의 흐름을 한빈의 설명과는 반대로 하고 있었다.

어찌 보면 엄청난 실수였다.

주화입마에 든다고 해도 할 말이 없을 정도였다.

하지만 이 실수에 우연이 더해지자 천운이 따라온 것이다.

서로 반대쪽으로 흐르는 기가 하나가 되지 못하고 서로를 거부하면서 그 세력을 점점 키워 나가게 된 것.

그것을 한데로 뭉쳐 준 것이 용린의 기운이었다.

만일 이 자리에 한빈이 없었다면?

홍칠개는 혈맥이 터져 나갔을지도 모르는 일이었다.

다시 눈덩이처럼 불어나는 홍칠개의 기운.

한빈은 슬쩍 용린의 기운을 밀어 넣었다.

순간 혈맥 속을 누비던 다른 방향의 기운이 양발로 빠져나 갔다.

그 기운은 밖에서도 한데 뭉치지 못했다.

몸에서 멀어진 후에야 그 기운은 하나가 되었던 것.

하지만 밖에서도 완벽하게 하나가 되지 못했고, 그 결과 구슬 모양이 아닌 바늘 모양을 띠며 불안정한 상태로 가느다 랗게 방출되었던 것이다.

파혼검의 기운을 방출한 홍칠개는 다시 쓰러졌다.

한빈은 다시 벽면을 확인했다.

이전처럼 바늘구멍이 나 있었다.

그 바늘구멍이 벽에 균열을 만든 것이다.

사람과 비슷했다.

상대를 죽이는 데 필요한 것은 바로 바늘구멍 하나였다.

머리나 가슴에 난 바늘구멍 정도의 상처는 바로 죽음과 직결된다.

모든 힘을 모아서 바늘구멍 하나를 만들어 내는 이 초식은 그야말로 신공이라고 할 수 있었다.

문제는 용린의 기운이 중간에서 통제를 안 하면 그대로 주화입마에 든다는 점이다.

그러니 이 초식은 한빈만이 사용할 수 있었다.

무공을 만든 것은 홍칠개이되, 사용할 수 있는 자는 오직 한빈밖에 없다니.

만약에 중간에 용린의 기운을 대체할 수 있는 방법을 알게 된다면? 무림삼존 중 첫 번째 자리에 있는 일지대사의 일지 신공에 버금가게 될 것이었다.

하지만 지금은 바싹 밀려든 쇳물의 처리가 먼저였다.

용암처럼 연기를 피워 올리며 점점 다가오는 쇳물을 피하는 것이 우선 과제.

한빈은 쓰러진 홍칠개를 부축했다.

두 번이나 무리하고 난 그는 좀처럼 정신을 차리지 못했다.

하지만 혈맥은 잠자는 아이처럼 안정적으로 흘렀다.

한빈은 홍칠개를 안전한 곳에 눕힌 후 월아를 들었다.

월아를 든 한빈은 홍칠개가 실수한 것처럼 용린의 기운을 상부와 하부로 나누어 서로 다른 방향으로 돌렸다.

스스슥.

홍칠개가 보였던 흐름보다 더 유연하게 용린의 기운은 한빈의 몸을 누볐다.

순간 하단전과 중단전 사이에 또 다른 용린의 기운이 만들어졌다.

이어서 두 개의 기운이 한빈의 팔을 타고 빠져나갔다.

월아의 검신에 맺힌 바늘 모양의 강기.

그 강기가 벽을 향해 나아갔다.

팡!

여전히 벽은 멀쩡했다.

하지만 자세히 보면 표면에 작은 바늘구멍이 나 있었다.

한빈은 그 구멍을 내공을 담아서 검지로 톡 쳤다.

순간 와르르 무너지는 무쇠 벽.

이전보다 벽은 더 빨리 무너져 내렸다.

그때부터였다.

한빈은 어렵지 않게 벽을 하나하나 제거해 나갔다.

그때였다.

어둠 속에서 허여멀건 물체 하나가 툭 튀어나왔다.

월아를 움켜쥔 한빈은 동작을 멈추었다.

지금 튀어나온 것은 다름 아닌 백호였다.

한빈을 본 백호가 튀어 올랐다.

백호를 품에 안은 한빈은 녀석의 머리를 쓰다듬었다.

"어디로 들어왔니?"

크릉.

녀석이 작게 소리 내며 한빈의 품에서 벗어났다.

바닥에 가볍게 착지한 백호가 고개를 휙휙 돌렸다.

자신을 따라오라는 표시였다.

한빈은 재빨리 홍칠개를 업고 백호의 뒤를 따랐다.

백호는 사람 하나 들어갈 정도의 통로로 안내했다.

그 통로의 끝으로 가니, 거대한 청강석이 가로막고 있었다.

그 청강석에는 사람의 팔뚝만 한 구멍이 있었다.

백호는 그곳으로 쑥 들어갔다.

한빈은 다시 월아를 들었다.

그러고는 다시 기운을 나누어 운용했다.

한빈은 이것을 파혼일검이라고 부르기로 했다.

객잔 밖의 설화 일행은 발을 동동 구르고 있었다.

한빈이 시키는 대로 객잔에 불을 지르긴 했지만, 문제는 그 결과였다.

객잔의 벽을 감싸고 있는 무쇠 벽은 붉게 달아올라 천천히 녹고 있었다.

가마솥이 아니라 용광로가 되어 버린 것이다.

상황이 이쯤 되자 설화는 입술만 깨물었다.

그 모습을 본 설화가 물었다.

"언니, 왜 그래요?"

"공자님이 말씀하신 게 이게 맞나? 갑자기 의심이 들어서."

"맞을 거예요. 공자님의 말을 가장 잘 이해하는 사람은 언니잖아요."

"그건 그런데……."

설화는 발을 동동 구를 뿐, 할 수 있는 일이 없었다.

그때 뒤쪽에서 백호가 나타났다.

달려온 백호는 설화 앞에 섰다.

설화 앞에 선 백호가 눈을 반짝이며 크르릉 소리를 냈다.

그 모습에 설화가 고개를 갸웃하며 물었다.

"대체 어디 갔다 온 거야?"

크릉.

백호가 낮게 소리 내자 설화가 고개를 갸웃했다.

사실 설화는 백호의 말을 정확히 알아들을 수 없었다.

눈치껏 소통은 가능했지만, 지금은 무슨 말을 하는지 알 수 없었다.

같은 소리지만, 내용이 복잡한 것 같았다. 거기에 더해 지금은 어수선한 상황이었다.

그때였다.

백호가 설화의 옷자락을 당겼다.

어디론가 가자고 하는 백호의 모습에, 설화는 고개를 갸웃했다.

그때 바람 한 줄기가 그들을 스치고 지나갔다.

휙!

동시에 무너져 가는 객잔의 기둥이 흔들렸다.

덜컹!

객잔의 형태를 지지하고 있던 기둥과 대들보가 동시에 떨어졌다.

쿵!

굉음과 함께 땅이 출렁이자, 설화는 입술을 깨물었다.

설화는 재빨리 흑천의 유각을 불러 이곳의 불을 끄라고 지시했다.

흑천의 유각은 수하들과 함께 물을 긷기 시작했다.

그들뿐이 아니었다.

조위명을 비롯한 구경꾼들도 손을 거들었다.

그들은 허물어진 객잔의 잔해에 물을 끼얹었다.

뜨거운 쇳덩이 위로 찬물이 쏟아지자 연기가 자욱하게 번졌다.

치지직.

설화는 계속해서 온도를 낮추어 갔다.

녹았던 쇳덩이가 모두 굳자 무너진 객잔의 잔해를 정확히 볼 수 있었다.

순간 설화는 눈을 크게 떴다.

검게 그을린 장신구와 쇳덩이가 하나 되어서 뒹구는 모습은 차마 눈 뜨고 볼 수 없을 정도였다.

중요한 것은 저 아래에 한빈이 있다는 것이었다.

"무사하시겠지?"

"괜찮을 거예요. 하남정가에서도 그랬고 사천당가에서도 그랬잖아요."

설화를 위로한 것은 청화였다.

하지만 청화 역시 말과는 달리 불안한 눈빛으로 잔해를 바라보고 있었다.

하늘이 무너져도 솟아날 구멍이 있다는 속담은 지금은 통하지 않을 것만 같았다.

그도 그럴 것이, 녹아내린 쇳덩이가 객잔 위를 촘촘히 덮고 있는 바람에 그 어떤 틈도 보이지 않았다.

청화가 소매를 걷어붙였다.

"일단 옮길 수 있는 것부터 치워야겠어요. 녹아내린 객잔의 잔해를 치워야만 안쪽에 있는 공자님을 구할 수 있을 거 아니에요. 공자님은 우릴 기다리고 있을 거예요."

"그래, 네 말이 맞아. 잔해 아래 어딘가에서 공자님이 기다리고 계실 거야."

"네, 맞아요. 언니."

"자, 이제 시작하자."

설화의 말이 끝나자마자 흑천의 유각이 득달같이 달려왔다.

유각과 흑천의 살수들은 일제히 소매를 걷어붙였다.

그들은 옮길 수 있는 물건을 뒤로 치운 후 달라붙어 쇳덩이를 깨기 시작했다.

구경꾼들도 그 일을 도왔다.

구경꾼들은 하나같이 복잡한 표정을 짓고 있었다.

이곳에서 살아남았다는 것은 다행이라고 생각하지만, 누군가 자신들을 위해 희생했다는 사실 때문에 마음이 무거웠다.

한참 동안 고수들이 달라붙자, 객잔의 잔해 위에 들러붙은 쇳덩이를 치울 수 있었다.

그때 중앙을 담당하던 유각이 손을 흔들었다.

"이곳에 사람은 없습니다."

잔해를 덮고 있던 쇳덩이의 양은 점점 줄어들었다.

이어서 다른 쪽에 있던 사람들의 목소리도 들려왔다.

"이곳에 사람의 흔적은 보이지 않습니다."

"여기도 사람의 흔적은 없습니다."

그들의 말에 청화가 안도의 한숨을 내쉬었다.

"휴. 다행이네요, 언니."

"다행인지 아닌지……."

"왜 그래요? 사람의 흔적이 없다면 공자님이 살아 계신 거
잖아요."

"우리 공자님과 싸우던 상대의 흔적도 보이지 않기는 마찬
가지잖아. 그리고 벽을 감싸고 있던 무쇠의 양을 생각한다
면, 잔해를 덮고 있던 쇳덩이의 양이 너무 적어."

"흠, 그렇다면……."

청화가 고민하듯 눈을 이리저리 굴렸다.

그때였다.

잔해를 치우던 유각이 손을 흔들었다.

"여깁니다! 여기에 통로가 있습니다!"

유각의 외침에 설화가 재빨리 달려갔다.

그가 가리킨 곳은 쇳덩이가 막고 있었다.

아마도 녹아내린 쇳물 대부분이 저 통로 안쪽으로 빨려 들
어간 것 같았다.

이런 기관 장치가 되어 있는 객잔 아래 저런 통로가 존재한다는 것은 이상한 일이 아니었다.

일반적인 무림세가에도 저런 공간 하나쯤은 갖추고 있지 않은가!

그때 청화가 통로를 막고 있는 무쇠를 가리켰다.

"저 지하와 이어진 다른 통로가 있겠죠?"

"아마도. 없다고 해도 공자님은 살아 계실 거야. 저 아래에서 우리를 기다리고 계시겠지."

"그럼 서둘러야겠네요."

"그래."

설화는 재빨리 유각을 바라봤다.

유각은 자신의 수하들과 함께 연장을 챙겨 들었다.

유각이 수하들에게 외쳤다.

"이제부터는 시간 싸움이다!"

"존명!"

그의 수하들이 일제히 외쳤다. 동시에 망치 두드리는 소리가 객잔 주변에 울렸다.

쾅. 쾅!

설화는 한 발짝 물러서서 상황을 살펴봤다.

유각과 수하들뿐 아니라 구경꾼들도 쉬지 않고 잔해를 치우고 있었다.

그때였다.

끄릉.

백호의 소리가 설화의 귀에 들려왔다.

고개를 돌려 보니 백호가 실망한 듯 고개를 흔들고 있었다.

"왜 그러니? 내가 바빠서 놀아 줄 시간이 없어. 그러니 조금만 기다려."

끄릉.

백호는 설화의 옆에서 떠나지 않았다.

오히려 이전보다 더 바싹 붙었다.

백호는 마치 강아지처럼 화재 현장을 정리하는 설화의 옆에 딱 붙었다.

자꾸 따라붙는 백호를 본 설화는 한숨을 내쉬었다.

"백호야, 진짜 놀아 줄 시간이 없어서 그래. 일단 공자님을 구하는 게 먼저야. 너도 공자님이 걱정되지?"

끄릉.

백호가 고개를 갸웃하자 설화가 고개를 저었다.

"내 말을 못 알아듣……."

설화는 말끝을 흐렸다.

백호의 목덜미에서 쪽지 하나를 보았기 때문이다.

백호가 목줄을 차고 있었던가?

백호에게 그런 장신구 따위는 없었다.

설화는 재빨리 쭈그려 앉아 백호의 목덜미를 확인했다.

목덜미를 본 설화는 고개를 갸웃했다.

백호는 목덜미에 천잠사를 두르고 있었다.

그리고 천잠사에는 쪽지 하나가 묶여 있었다.

설화는 재빨리 주변을 살폈다.

주변에 시선이 없음을 확인한 설화는 재빨리 쪽지를 확인했다.

쪽지를 확인한 설화는 눈동자가 튀어나올 것처럼 눈을 치켜떴다.

쪽지의 필체는 분명히 한빈의 것이었다.

내용은 간단했다.

하던 일을 마저 하며, 이상한 것을 봐도 티 내지 말라는 것이었다.

과연 이 쪽지는 언제 쓴 것일까?

설화는 쪽지에 코를 갖다 댔다.

몇 번이고 킁킁댄 후에야 설화는 쪽지에서 코를 뗐다.

순간 설화의 눈썹이 보기 좋게 올라갔다.

설화는 한빈으로부터 많은 것을 배웠다. 그중에는 먹이 풍기는 냄새에 따라서 시간을 유추하는 방법도 있었다.

그때 청화가 다가오더니 고개를 갸웃했다.

"언니, 표정이 왜 그래요?"

"아무것도 아니야."

설화는 일단 표정을 수습했다.

한발 빠르게 표정을 알아챈 청화가 조용히 고개를 숙였다.

그러고는 낮은 목소리로 물었다.

"무슨 일이에요? 언니."

"공자님이 살아 계셔."

"자, 잠시만요. 언니가 그걸 어떻게 확신하는 거예요?"

청화는 설화와 잔해가 깔린 객잔을 번갈아 봤다.

지금까지 유각의 옆에서 잔해를 치우던 청화였다.

지하에 사람이 있는지 없는지는 아직까지 확인할 수 없었다. 지하 통로를 덮고 있는 쇳덩이를 치우려면 밤을 새워야 할 터였다.

그런데 멀찌감치 서 있던 설화가 갑자기 한빈이 살아 있다고 단언하자, 이해할 수 없었다.

당황한 청화의 모습에 설화는 재빨리 쪽지를 건넸다.

청화도 쪽지의 서체가 한빈의 것임을 바로 알아챘다.

"그럼……."

"일단 쪽지에 적힌 대로 모른 척해야 할 것 같아."

"이거 진짜 맞죠? 언니."

"우리가 속을 리 없잖아. 공자님이 쓴 계약서만 몇 개인데."

"이게 진짜라고 해도 공자님이 우리의 도움을 필요로 하실 수도 있잖아요."

"흠, 그럼……."

"일단 언니가 몰래 공자님을 찾아보세요."

"그럴까……."

설화는 말끝을 흐리며 백호를 바라봤다.

눈이 마주치자, 백호가 볼을 부풀렸다.

뭔가 삐진 것이 분명했다.

그 표정에서 감정을 읽은 설화가 품속에서 육포를 꺼냈다.

"자, 일단 이거부터 먹고 얘기하자."

컹.

백호가 펄쩍 뛰며 설화의 손에 있는 육포를 낚아챘다.

눈 깜짝할 사이에 육포를 해치운 백호가 꼬리를 살랑거렸다.

그 모습에 설화가 또 다른 육포 하나를 꺼내자, 백호가 다시 펄쩍 뛰었다.

설화는 재빨리 육포를 숨겼다.

육포를 낚아채기 위해 뛰어올랐던 백호가 다시 바닥에 내려앉은 채 입을 삐죽였다.

그 모습에 설화가 다시 말했다.

"이것부터는 공짜가 아니야."

끄릉.

백호가 고민하는 듯 두리번거렸다.

그 모습에 설화가 다시 품에서 육포 하나를 더 꺼냈다.

"공자님이 있는 곳을 가르쳐 주면 여기에 이것까지 줄게."

설화는 마치 장사꾼처럼 환하게 웃었다.

그 모습에 백호가 고개를 끄덕였다.

백호가 승낙하자, 설화는 청화를 바라봤다.

"청화야, 자리를 비울 동안 부탁 하나만 할게."

"네, 언니."

"이곳 사람들과 함께 객잔의 잔해를 좀 치워 줘. 나는 그동안 백호를 따라 공자님을 찾아볼게."

"알았어요. 저만 믿으세요."

청화가 자신감 가득한 얼굴로 웃자, 설화는 그제야 안심하고 백호를 따라갔다.

백호는 종종걸음으로 어디론가 걸어갔다.

녀석을 뒤따르던 설화는 고개를 갸웃했다.

주변 상황이 조금 이상했기 때문이었다.

순간 이제까지 못 봤던 광경이 눈에 들어왔다.

설화는 객잔에서 한시도 눈을 떼지 않았기에 주변의 변화를 눈치채지 못했었다.

정화 객잔이 있는 이곳은 상권이 제법 발달한 마을이었다.

포목점에서부터 푸줏간까지 없는 것이 없다.

또한 하북으로 향하는 상단이 주로 이용하는 통로에 자리 잡고 있기에 숙박업도 발달한 곳이었다.

그런데 지금은 개미 새끼 하나도 찾아볼 수 없었다.

아무리 생각해도 지금의 상황은 의심스러웠다.

설화는 잠시 눈을 감고 주변의 기척을 찾기 시작했다.

한빈의 뒤를 따라다니다 보니 설화도 기척을 읽는 능력이라면 중원의 누구에게도 뒤지지 않을 자신이 있었다.

하지만 주변의 기척은 전혀 느껴지지 않았다.

객잔이 불타는 동안 상인들이 증발한 것이다.

생각해 보니 객잔을 탈출했던 시점부터 모든 것이 이상했다. 이곳의 명물이라 불리는 객잔에 불이 났는데 구경 나오는 사람이 하나도 없다는 것은 말도 되지 않았다.

강호 구경 중에 싸움 구경과 강 건너 불구경이 최고라는 말이 있지 않은가?

그런데 커다란 객잔이 불탔는데 아무도 나와 보지 않았다고?

더 황당한 것은 이곳 마을의 상인들이 마치 누구의 지시를 받은 것처럼 하나가 되어 행동했다는 점이다.

순간 설화는 등에 소름이 돋았다.

객잔은 작은 함정이고 큰 함정은 이 마을 전체일 가능성이 컸다.

설화는 더욱 숨을 죽였다.

그때 백호가 꼬리를 흔들며 마구간이 있는 곳으로 걸어갔다.

백호를 따라 마구간으로 들어간 설화는 다급하게 안쪽을

뒤졌다.

마구간으로 들어간 백호가 눈 깜짝할 사이에 사라졌기 때문이다.

그때였다.

바닥에서 귀에 익은 목소리가 들려왔다.

설화는 재빨리 짚단을 치웠다.

순간 설화는 벽에서 조그만 구멍을 발견했다.

자세히 보니 백호가 들어갈 만한 구멍이었다.

그곳에는 한빈과 거지가 나란히 마주 보고 있었다.

그 거지는 홍칠개가 분명했다.

이상한 것은 한빈이나 홍칠개 모두 모습이 훤해 보인다는 것이었다.

열기 속에서 적과 싸웠으면 최소한 그을음이라도 있어야 할 텐데, 한빈에게는 그 어떤 흔적도 없었다.

한빈을 살펴보던 설화가 눈을 가늘게 떴다.

자세히 보니 한빈의 옷이 달라져 있었다.

이전에 입었던 무복이 아니었다.

똑같이 붉은색이긴 했지만, 지금의 무복은 마치 새것처럼 번쩍거렸다.

그뿐이 아니었다.

홍칠개도 하얀색 도포를 걸치고 있었다.

아무리 생각해도 현실 같지 않았기에, 설화는 자신의 볼을

꼬집어 봤다.

가능성은 하나였다.

한빈과 홍칠개가 가짜라는 것이다.

설화는 우혈랑검을 꺼내 확인했다.

어두컴컴한 마구간에서도 우혈랑검은 붉은빛을 뿜어냈다.

우혈랑검이 뿜어내는 붉은빛을 본 설화는 다시 한번 주먹을 꽉 쥐었다.

그것도 잠시, 설화는 재빨리 표정을 수습했다.

지금은 감정을 다스리고 상황을 파악하는 것이 먼저라고 생각했기 때문이다.

이것은 바로 한빈의 가르침이었다.

눈앞에 닥친 상황을 파악하고 그 틈을 파고들라는 조언.

설화는 조심스럽게 그들을 관찰하기 시작했다.

목소리에서 동작까지.

그들은 한빈과 홍칠개의 판박이였다. 그만큼 준비를 철저히 했다는 뜻이었다.

이 정도의 노력이라면 필체를 위조하는 것은 일도 아니었다.

설화는 모든 상황이 의심스러워졌다.

그때였다.

그들의 옆에 백호가 나타났다.

설화는 재빨리 뛰어 들어갈 준비를 하며 문고리를 찾았다.

하지만 그 어디에도 문고리는 없었다.

오직 백호가 들어갈 만한 크기의 개구멍이 전부였다.

설화는 조금 더 집중해서 그들을 바라봤다.

설화가 눈을 가늘게 뜨고 있을 때, 백호가 그들을 향해 꼬리를 흔들었다.

백호까지 속고 있는 것이 분명했다.

설화는 개구멍을 넓히기 위해 손으로 주변을 파 보았다.

하지만 개구멍은 꿈쩍도 하지 않았다.

도리어 손이 얼얼할 정도의 한기가 느껴졌다.

개구멍은 단순한 흙벽이 아니었다. 마구간의 벽 또한 무쇠로 만들어져 있었다.

설화는 재빨리 동작을 멈추고 개구멍 안을 들여다보았다.

개구멍으로 안쪽을 들여다보던 설화가 깜짝 놀라 눈을 떴다.

안쪽에 있던 사람들이 사라졌기 때문이다.

그때였다.

누군가 설화의 어깨를 톡톡 쳤다.

설화는 재빨리 고개를 돌리며 우혈랑검을 그었다.

휙!

순간 우혈랑검이 막혔다.

탁.

상대가 우혈랑검이 아닌 설화의 손목을 잡은 것이다.

설화의 눈에 환하게 웃는 사내의 얼굴이 들어왔다.

그는 바로 설화가 가짜라고 생각하는 한빈이었다.

설화는 재빨리 우혈랑검을 놓았다.

땅으로 떨어지는 우혈랑검을 다른 손으로 낚아채려는 설화.

다른 손으로 잡아서 상대를 공격하려는 생각이었다.

하지만 사내가 먼저 우혈랑검을 낚아챘다.

아무렇지 않게 우혈랑검을 잡은 사내가 말했다.

"마침 잘 왔다, 설화야."

"……."

설화가 멍하니 상대를 바라봤다.

가까이서 보니 한빈과 너무 똑같았기 때문이었다. 그뿐이 아니었다. 상대의 동작이 너무도 익숙했다.

방금 우혈랑검을 낚아챘던 금나수는 한빈이 아니고서야 펼칠 수 없는 초식이었다.

"공자님?"

"표정이 왜 그래?"

"진짜 공자님 맞아요?"

"내가 가짜처럼 보여?"

"옷도 그렇고 얼굴도 그렇고, 너무 멀쩡하잖아요. 객잔의 무쇠 벽이 녹을 정도였는데……."

"아, 그래서 의심했구나. 그렇다면 끝까지 의심했어야지."

"얼굴에 풀을 칠한 자국이 안 보여서요. 공자님이 그 어떤 인피면구도 자국을 남기기 마련이라고 하셨잖아요. 그런 면에서 지금 그 얼굴은 공자님 얼굴이 맞아요."

"흠, 많이 늘었네."

"대체 어떻게 된 거예요? 저 거지 어르신은 어디서 오신 거고요?"

설화가 한빈의 옆에 있는 홍칠개를 가리켰다.

홍칠개는 한빈의 옆에서 웃고만 있었다.

그 모습에 설화가 다시 말을 이었다.

"거지 어르신이 공자님을 구해 준 거예요? 감사해요, 어르신."

설화가 홍칠개에게 고개를 숙이자, 한빈이 고개를 저었다.

"그 반대다. 내가 사부님을 구했지."

"네?"

깜짝 놀란 설화가 턱을 어루만지며 한빈과 홍칠개를 번갈아 봤다.

그것도 잠시, 설화는 놀란 표정으로 물었다.

"잠시만요. 그런데 저 반대편에서 여기로 어떻게 오신 거예요? 통로라고는 개구멍밖에는 없던데요."

"멀쩡한 문을 놔두고 무슨 소리야?"

한빈이 벽면을 가리켰다.

그곳에는 진짜로 문이 있었다.

순간 설화는 자신도 모르게 입을 벌렸다.

그 모습에 한빈이 문 안쪽을 가리켰다.

"이왕 왔으니 들어가자."

말을 마친 한빈은 홍칠개와 안으로 들어갔다.

설화는 할 말을 잃었는지 멍하게 문을 바라봤다.

그때 백호가 설화의 옷자락을 잡아당겼다.

빨리 들어오라는 뜻이었다.

잠시 후.

안으로 들어간 설화는 눈을 크게 떠야 했다.

개구멍으로 보이던 공간이 전부가 아니었다.

그곳은 또 다른 통로와 이어져 있었다.

통로의 중간중간에는 여러 개의 방이 배치되어 있었다. 그 방을 막고 있는 것은 육중한 무쇠 문이었다.

그중 첫 번째와 두 번째 문은 이미 활짝 열려 있었다.

설화가 멍하니 있자, 한빈이 첫 번째 문을 가리켰다.

그곳에는 눈에 익은 문양이 새겨져 있었다.

설화는 그 문양을 잊을 수 없었다.

그것은 암제의 유산이 숨겨져 있던 동굴에 있었던 표식이었다.

"설마 여기가……."

"흠, 그 설마가 맞는 것 같다. 여기는 분명히 암제의 또 다른 창고다."

한빈의 입에서 암제라는 이름이 나오자, 설화가 놀란 듯 다시 문양을 확인했다.

설화가 보기에도 이곳은 암제의 공간이 맞았다.

암제가 누구던가?

자신의 복수를 위해서 몇십 년을 준비해 온 인물이었다.

나중에 알고 보니 백경과 손을 잡았던 인물.

거기에 강호를 자신의 손에 넣으려고 했던 자였다.

더 놀라운 것은 그의 준비성이었다.

처음 암제의 유산을 발견했을 때도 놀랐었다.

그리고 암제의 오른팔이었던 위씨세가를 제압했을 때는 모든 것이 끝났다고 생각했다.

그런데 여기저기서 암제가 준비한 계획들이 튀어나오고 있었다.

설화가 다시 물었다.

"대체 어떻게 찾으신 건가요?"

"백호의 도움이 컸다. 그리고 조금 이상하긴 했지."

"뭐가 이상해요?"

"객잔 아래에는 조그만 감옥이 있었다. 그 아래에 사부님이 갇혀 계셨고."

"그런데요?"

"그 감옥과 연결된 문이 하나 있었지."

"아, 그렇다면······. 그 문으로 탈출하신 거군요."

설화가 눈을 반짝였다.

객잔의 잔해 아래를 찾아보면 피할 곳은 지하 통로밖에 없었다.

그 통로는 녹아내린 쇳덩이로 막혀 있고 말이다.

설화의 예상대로 한빈은 그곳에 있었다.

다행인 것은 그곳에 다른 공간과 연결된 통로가 있었다는 점.

설화는 눈도 깜빡이지 않고 한빈의 설명에 집중했다.

그 모습에 한빈이 말을 이었다.

"그 문을 탈출하고 보니 또 다른 문이 있더구나. 그리고 그 뒤에는 또 다른 문이 있었지. 그래서 나는 생각했지. 그건 가두기 위해서가 아니라 지키기 위해 있는 거라고 말이다."

"지키기 위해서요?"

"자신의 소중한 것을 지키기 위해서 그리 복잡한 기관 장치를 해 놓은 것이지. 그래서 백호의 도움을 받아서 기관 장치를 해체하기 시작했지. 아마 백호의 도움이 없었다면 여기까지 오지 못했을 것이야. 문을 파괴하게 되면······."

한빈은 비교적 상세하게 경위를 털어놓았다.

그의 말에 따르면 안쪽은 미로처럼 늘어져 있고 문을 파괴하게 되면 그 통로가 바뀐다는 것이다.

"그런데 어떻게 통과하신 거예요?"

"백호가 열어 줬다."

한빈이 아무렇지 않게 백호를 가리켰다.

안쪽에서는 문양을 눌러 기관 장치를 맞춰야 하지만, 바깥쪽에서는 간단하게 문을 열 수 있었다.

한빈의 시선을 받은 백호가 의기양양한 표정으로 포효를 내질렀다.

크릉.

그 모습에 한빈이 피식 웃었다.

"알았다."

한빈은 품에서 육포 하나를 꺼내 백호에게 던졌다.

육포를 받은 백호가 심드렁한 표정으로 입도 대지 않았다.

그 모습을 본 설화가 끼어들었다.

"백호가 육포를 마다하다니……."

"아마도 냄새 때문에 그럴 게다."

"육포가 냄새나는 건 당연하잖아요."

"냄새가 나는 게 당연하긴 하지. 그럼 이걸 한번 살펴보거라."

한빈은 품에서 잎사귀에 싸인 벽곡단 하나를 건넸다.

벽곡단은 상하지 않게 곡물을 뭉쳐 만든 비상식량.

설화는 손에 들린 벽곡단을 보고는 고개를 갸웃했다.

"이건 벽곡단이잖아요."

"한번 자세히 살펴보거라."

"아무리 봐도 똑같은……."

설화는 말을 맺지 못하고 벽곡단을 다시 만졌다.

몇 번이고 벽곡단을 만지던 설화가 눈을 크게 떴다.

"이게 어떻게 된 건가요? 이건 평범한 벽곡단이 아니잖아요."

설화는 벽곡단을 덮고 있는 곡물을 걷어 냈다.

겉을 걷어 내자, 안쪽에는 흑색의 좁쌀이 뭉쳐 있었다.

그때 한빈이 그 좁쌀을 가리켰다.

"냄새를 맡아 보거라."

"이건 그래도 평범한 좁쌀 같은데요."

설화는 고개를 갸웃하며 좁쌀을 펼쳤다.

순간 설화의 눈이 커졌다.

냄새를 맡아 보니 역시 보통 벽곡단이 아니었다.

거기에 뭉쳐져 있던 것은 좁쌀이 아니었다.

빛이 반지르르한 것이, 누가 봐도 영약이 분명했다.

설화가 놀라자, 한빈이 다시 말을 이었다.

"이 창고에 있는 모든 물건들이 그렇다. 비범함을 평범함 속에 숨겼더구나. 어찌 보면 이곳은 암제의 보물 창고라고 할 수 있을 것 같다."

한빈의 말에 설화는 주변을 둘러봤다.

자세히 보니 아까의 육포도 보통 고기가 아니었다.

육포도 영약과 비슷한 냄새가 났다.

그 영약 냄새 때문에 백호가 싫어하는 것이 분명했다.

주변을 돌아보니 각종 병기와 옷까지 준비되어 있었다.

설화가 놀라 물었다.

"그럼 그 옷도……?"

"옷과 병기…… 그리고 영약까지. 철저히 준비했더구나. 거기에 가장 놀라운 것이 또 하나 있다."

"그게 뭔데요?"

설화가 묻자, 한빈은 다른 방을 가리켰다.

한빈이 안내한 다른 방에는 드문드문 서찰이 꽂혀 있었다.

서찰이 꽂혀 있는 책장은 방의 양쪽에 나누어져 있었다.

이상한 것은 한쪽 벽면에 꽂혀 있는 서찰은 백색이고, 반대편에 꽂혀 있는 서찰은 검은색이라는 점이었다.

딱 보기에도 서로 다른 곳에서 받은 서찰이 분명했다.

한빈은 백색의 서찰 중 하나를 뽑아 그 자리에서 펼쳤다.

촤르륵.

서찰이 펼쳐지자, 순식간에 가루가 되어서 흩어졌다.

놀란 설화가 입을 벌렸다.

그 모습에 한빈이 재빨리 소매로 설화의 입을 막았다.

"조심하거라."

"혹시라도 독이……."

"독은 없지만 먼지는 해롭지. 피부에도 안 좋고."

한빈이 씩 웃으며 손을 내저었다.

순간 허공에 뜬 먼지가 한빈의 소매에 빨려 들어갔다.

그 모습에 설화의 눈이 반짝였다.

자신의 건강까지 챙겨 주는 한빈의 마음이 고마웠기 때문
이다.

한빈은 설화의 표정에는 아랑곳하지 않고 반대편의 서찰
을 꺼냈다.

역시나 반대쪽에 있던 서찰도 가루가 되어서 흩어졌다.

설화는 양쪽 책장에 있는 서찰들을 번갈아 봤다.

손만 대어도 가루가 되는 서찰에서 단서를 찾을 수는 없을
것이다.

그 서찰들은 누가 봐도 중요한 단서였다.

그런데 손만 대면 가루가 된다니!

설화는 자신도 모르게 입술을 잘근 깨물었다.

시무룩한 표정으로 양쪽에 있는 서찰을 번갈아 보던 설화
에게 한빈이 말했다.

"네가 나를 좀 도와줘야겠다."

한빈의 말에 설화가 자신 있게 가슴을 두드렸다.

"제 도움이 필요하시면 언제든 말씀만 하세요."

그 모습에 한빈이 창고 구석에 있는 상자를 가리켰다.

그 상자를 본 설화는 재빨리 달려갔다.

설화는 상자를 가져와서는 한빈의 앞에 놓았다.

한빈이 고개를 끄덕이며 말을 이었다.

"열어 보아라, 설화야."

"네, 공자님."

설화가 상자를 열자 한빈이 그 상자 안을 살폈다.

상자에는 조그만 호리병들이 빼곡히 담겨 있었다.

한빈은 그 호리병 중 하나를 꺼냈다.

"이게 바로 서찰을 살필 수 있는 열쇠가 분명하다."

깜짝 놀란 설화가 물었다.

"그 호리병이 열쇠라고요?"

설화는 아무리 생각해도 이해가 되지 않았다.

차라리 서찰이 암어로 쓰여 있다면 해독할 열쇠가 필요할
수 있었다.

물론 그 열쇠는 진짜 열쇠가 아니라 추상적인 의미의 열쇠
다.

하지만 지금은 열쇠가 무용지물이었다.

손만 대도 가루가 되는 서찰은 그 어떤 방법으로도 들여다
볼 수 없을 테니까.

그런데 호리병이 열쇠라고 하니 이해할 수 없었다.

설화가 고개를 갸웃하자, 한빈이 다시 말을 이었다.

"이 서찰은 우리가 꼭 살펴봐야 한다."

한빈의 말은 사실이었다.

이 보물 창고에서 한빈이 가장 궁금해하던 것은 바로 이

서찰이었다.

백과의 밀약이 이 서찰에 담겨 있을 수도, 암제가 뿌려 놓은 씨앗에 담긴 단서가 남아 있을 수도 있었다.

설화도 한빈의 말에 동의했다.

누가 봐도 이 서찰들에는 중요한 내용이 들어 있음이 분명했다.

그때 한빈이 다시 말을 이었다.

"지금 중요한 것은 네 감이다."

"감이라니요? 공자님."

"지금부터 내 말을 잘 들어라. 그러니까……."

한빈이 호리병과 서찰에 관해서 설명을 시작했다.

설화는 한빈의 설명에 귀 기울였다.

한빈의 설명은 간단했다.

용의주도하게도 시간이 흐르면 가루가 되는 약을 서찰에 발라 놨다는 것이다.

덕분에 누군가가 서찰을 보려고 펼치면 부서지게 조처해 놨다는 것.

해금하는 방법은 딱 한 가지.

호리병에 든 약물을 순서대로 떨어뜨리면 된다는 것이다.

호리병의 수는 열두 개.

열두 개의 호리병에 든 약물을 순서대로 떨어뜨려야만 서찰을 복원할 수 있다는 것이 설명의 요지였다.

설명을 듣고 난 설화가 재빨리 물었다.

"대체 이런 일이 어떻게 가능한 거죠?"

"암제가 그만큼 용의주도한 인물이었다는 거지."

"그런데 공자님은 이런 방법을 어떻게 아신 거예요? 이런 방법으로 비밀을 유지하는 건 저도 처음 들어 봐요."

"그건 말이다⋯⋯. 비밀이다."

"그럴 줄 알았어요. 이제는 궁금하지도 않아요, 공자님."

설화가 웃자 한빈도 피식 웃었다.

이 방법은 앞으로 십 년이 지난 후에나 세상에 알려진다.

그것도 정마대전이 발발한 후 유행하던 수법이었다.

서로 약속된 약물이 아니면 서찰의 내용을 확인조차 할 수 없게 만드는 방법이었다.

설화는 그럴 줄 알았다는 듯 고개를 끄덕였다.

그것도 잠시, 설화가 눈을 가늘게 뜨며 말했다.

"그런데 실수하면⋯⋯."

설화는 서찰들을 다시 확인했다.

서찰의 숫자도 많지 않았지만, 호리병에 남은 약물도 넉넉하지는 않았다.

약물이 다 떨어진다면 이 서찰 중 하나도 확인할 수 없을 것이다.

자신의 실수로 단서를 잃을 수도 있다고 생각하니 쉽게 움직일 수 없었다.

그 모습에 한빈이 말했다.

"나는 너를 믿는다."

한빈이 팔짱을 끼고 한 발 뒤로 물러났다.

믿고 맡기겠다는 뜻이었다.

이것은 한빈의 진심이었다.

설화는 세상에서 가장 운이 좋은 친구 중 하나였다.

이번 생에 예정보다 일찍 자신을 만난 것도 그 운 중의 하나였다.

사실 이번 생에도 죽을 고비를 수없이 넘겼다.

그때마다 한빈이 설화를 도왔다.

하지만 한빈의 손길이 미치지 못했을 때도 설화는 살아남았다.

암제와의 대결 때도 마찬가지였다.

그때마다 설화의 선택은 항상 옳았다.

한빈은 전생을 기억하고 있기에 내린 선택이지만, 설화는 본능적으로 내린 선택이었다.

서찰을 해결하는 일에서는 설화의 도움이 필요했다. 지(智)의 구결로도 해결되지 않았기에 설화의 운에 맡겨 보기로 한 것이다.

한빈은 이 정도의 이유라면 나름 합리적이라고 생각했다.

조용히 몸을 돌린 한빈은 홍칠개를 바라봤다.

자리를 피해 주자는 신호였다.

홍칠개도 고개를 끄덕였다.

사실 홍칠개도 저 서찰을 해독하기 위해서 호리병의 약물을 써 봤다.

그 때문에 호리병의 약물이 반으로 줄어든 것이다.

다행인 것은 홍칠개는 물러서야 할 때를 알고 있었다는 점이다.

이제 서찰이 가득한 방에는 설화만이 남았다.

설화는 깊게 심호흡하며 서찰 하나를 꺼내 바닥에 놓았다.

이 서찰에는 법칙이 있었다.

서찰을 열기 전까지는 부서지지 않는다.

열고 나면 가루가 되어 버리니 이렇게 바닥에 놔두고 실험을 해 보면 되었다.

한빈의 말대로라면 암제는 철저하게 서찰을 관리한 것이 분명했다.

즉 그만큼 서찰의 내용이 중요하다는 뜻.

설화는 조심스럽게 호리병 속 약물을 서찰 위에 떨어뜨렸다.

순간 서찰이 소리를 내며 녹아내렸다.

치지직.

약물의 순서가 잘못된 것이다.

설화는 움찔하다가 다시 약물을 바꾸어 떨어뜨렸다.

하지만 다시 서찰이 녹아내렸다.

그때였다.

어디선가 꿀벌 한 마리가 날아왔다.

설화는 웽웽거리며 주변을 맴도는 꿀벌을 손으로 쫓아냈다.

하지만 보통 녀석이 아니었는지, 꿀벌은 설화의 손을 손쉽게 피해 냈다.

"바쁘니까 건들지 마."

웽웽.

말을 알아들을 리 없는 꿀벌이 계속해서 설화의 신경을 건드렸다.

그때였다.

멀뚱히 지켜보던 백호가 설화를 돕기 위해 나섰다.

펄쩍 뛰어오른 백호.

하지만 꿀벌은 작아도 너무 작았다.

꿀벌은 날쌘 동작으로 백호의 앞발을 벗어났다.

역시 보통 꿀벌이 아니었다.

이곳에 있던 영약을 꽃가루 대신 먹었으니, 영충이라는 말이 적당할 것이었다.

백호가 영물이라면 꿀벌은 영충이었다.

계속 귓가에서 웽웽거리자, 설화는 신경을 안 쓰려야 안 쓸 수 없었다.

설화는 꿀벌의 움직임이 범상치 않음을 깨달았다.

놈의 움직임을 보던 설화는 문을 바라봤다.

한빈에게 도움을 청해야 하나 고민되었다.

고민도 잠시, 설화는 고개를 흔들었다.

아무리 그래도 꿀벌 하나 때문에 도움을 청하는 것은 부끄러운 일이었다.

설화는 심호흡하며 표정을 수습했다.

꿀벌 하나 때문에 중요한 일을 놓치고 있다는 생각이 들어, 자신이 한심스러워 보였다.

"에이."

설화는 다시 약에 집중하기 시작했다.

하지만 꿀벌은 타협이라는 것이 없었다.

계속해서 설화의 주변을 맴돌았다.

당연히도 설화는 조합에 집중할 수 없었다.

설화의 미간에 깊은 골이 파였다. 설화는 자신도 모르게 우혈랑검을 들었다.

보통 꿀벌이라면 설화의 손에 잡혔을 터였다.

계속 웽웽거리며 날아다니는 꿀벌 탓에 설화는 자기 일을 잊었다.

벌떡 일어선 설화는 우혈랑검을 꿀벌에게 겨누었다.

그러고는 백호를 향해 외쳤다.

"이리로 몰아 줘!"

크렁.

백호도 힘차게 포효를 내질렀다.

손에 잡힐 듯하면서도 안 잡히자, 백호도 성질이 난 것이다.

백호가 포효를 내지르며 꿀벌을 몰았다.

움직임이 빠른 백호가 이리저리 뛰면서 꿀벌을 쫓자, 방은 아수라장이 되었다.

물론 백호는 눈치껏 서찰이 상하지 않게 뛰어다녔다.

빙빙 돌면서 장난하듯 피해 다니는 꿀벌.

백호도 이제는 약이 올랐는지 다시 포효를 내질렀다.

크렁.

백호의 포효에 꿀벌이 잠시 동작을 멈췄다.

이번 백호의 포효에는 영기가 서려 있었다.

움칠하던 꿀벌은 백호가 달려오자 다급하게 거리를 벌렸다.

그 반대쪽에서는 설화가 살기를 번뜩이고 있었다.

윙윙.

꿀벌이 가까이 오자 설화는 일도양단의 기세로 우혈랑검을 내리그었다.

팡!

파공성이 일어날 정도의 기세.

하지만 손에서 느껴지는 감각은 없었다.

물론 꿀벌을 양단한다고 해도 손에서 감각이 느껴질 리는 없지만 말이다.

동시에 꿀벌이 설화의 귓불을 스치고 지나갔다.

웽.

마치 설화를 놀리는 듯한 꿀벌의 행동.

설화가 폭발했다.

"같이 잡자. 이놈을 잡으면 육포 다섯 조각이야."

설화는 급기야 꿀벌에 현상금까지 걸었다.

영물인 백호가 이 말을 못 알아들을 리 없었다.

크렁.

백호가 신이 나서 껑충 뛰어올랐다.

밖에서 이번 일에 관해서 상의하고 있던 홍칠개가 자리에서 일어났다.

"무슨 소리 못 들었느냐? 제자야."

"아마도 일을 번잡스럽게 하는가 봅니다. 설화를 믿고 맡긴 거니 지켜보도록 하죠."

"흠, 약물을 섞는 데 무슨 무공 초식을 쓰는 것도 아니고……. 쩝."

홍칠개가 입맛을 다셨다.

그때였다.

우당탕탕.

문 너머에서 다시 굉음이 울려 퍼졌다.

홍칠개는 안절부절못하며 서찰이 보관되어 있는 방에서 눈을 떼지 못했다.

사실 이번 일에 대해서 느끼는 심각성은 홍칠개가 더욱 컸다.

한빈에게 자세한 사정을 듣고 보니 자신이 우물 안의 개구리였음을 깨달은 홍칠개였다.

거기에 더해 이곳은 강호의 모든 음모가 시작되었던 암제의 공간이었다.

천외천인 백경을 손볼 수는 없지만, 암제는 강호의 일이었다.

그런데 암제가 진행하던 계획 모두는 한빈을 통해서 들었을 뿐, 미리 알아채지 못했다.

그런데 그 모든 정보가 서찰에 담겨 있다라?

홍칠개는 잠시도 가만히 있을 수 없었다.

더욱이 지금 방 안에서 소란이 일어나니 참을 수가 없었던 것이다.

홍칠개는 급기야 자리에서 일어나서 달려갔다.

제자의 허락은 필요 없었다.

문을 열고 들어간 홍칠개는 아연실색한 표정으로 난장판을 바라봤다.

안쪽에는 호리병이 다 깨져 있었다.

서찰 중 일부는 바닥에 나뒹굴고 있었다.

누가 봐도 적이 침입한 흔적이었다.

홍칠개는 재빨리 몽둥이를 잡고 주위를 경계했다.

"적은 어디 있느냐?"

"……."

설화는 눈만 꿈뻑이며 아무런 말도 하지 않았다.

그런 설화를 본 홍칠개가 달려갔다.

"혹시 점혈당한 것이냐?"

"그, 그건 아닌데요."

설화가 홍칠개를 보며 어색하게 웃었다.

뒷머리를 긁적이는 설화를 본 홍칠개가 다시 물었다.

"그럼 이 난장판은 대체 무엇이냐?"

"그건……."

설화는 말을 더듬었다. 꿀벌을 쫓다가 호리병을 다 깨 먹었다고 사실대로 말할 수는 없었다.

설화는 석상이 된 것처럼 눈도 깜빡이지 않았다.

그때 천장에서 웽웽하는 소리가 들려왔다.

그 모습을 본 설화는 한숨을 내쉬었다.

"휴. 사실……."

이제 있는 그대로 사실을 말하고 벌을 받는 수밖에 없었다.

모든 것이 감정을 조절하지 못한 탓이었다.

설화의 머릿속에 오만가지 가능성이 스쳐 지나갔다.

이렇게 중요한 일을 망쳤으니 앞으로 한빈을 어떻게 볼까 하는 고민이 앞섰다.

설화가 다시 입을 열려 할 때였다.

한빈의 목소리가 들려왔다.

"설화야, 성공했구나. 역시 너는 내 믿음을 저버리지 않았어."

한빈의 말에 설화가 고개를 갸웃했다.

홍칠개의 표정도 마찬가지였다.

난장판이 된 이 꼴을 보고도 성공했다니, 한빈의 말은 누구도 이해할 수 없었다.

설화 본인조차 말이다.

그때 한빈이 바닥에 떨어진 서찰 하나를 들고 걸어왔다.

멍한 표정을 짓고 있던 설화에게 한빈이 서찰을 펼쳤다.

순간 설화가 외쳤다.

"안 돼요!"

소리치는 설화를 본 한빈이 고개를 갸웃했다.

"뭐가 안 돼?"

"그걸 펴면 부스러……."

설화는 말을 맺지 못했다.

촤르륵 소리를 내며 서찰을 폈지만, 이전과는 다르게 모양이 그대로 남아 있었다.

설화가 이렇게 소리친 것은 꿀벌과의 소동 때문에 멀쩡한
서찰이 얼마 남지 않기 때문이다.

그리고 보면 호리병이 깨지는 바람에 약물도 남지 않았다.

어떻게 손쓸 틈도 없는 상황.

그런데 어떤 방법을 써도 안 되던 서찰의 복원이 이루어진
것이다.

눈을 크게 뜬 설화의 모습에 한빈이 물었다.

"성공해 놓고 왜 그런 표정이지? 마치 몰랐다는 얼굴이네."

"저, 저는……."

설화는 말문이 막혔다.

아무리 생각해도 자신이 어떻게 서찰을 복원했는지 알 수
없었다.

설화는 지금의 상황을 객관적으로 바라보기로 했다.

꿀벌과 한바탕 소동을 벌일 때 호리병이 섞이며 벌어진 행
운이었다.

딱 거기까지였다.

자신이 어떻게 호리병에 든 액체를 섞었는지 알 수 없었다.

모든 것은 소동으로 인한 우연이었다.

그때 한빈이 말을 이었다.

"복원된 서찰은 정확히 두 개네."

"제가 실수한 건가요?"

"아니야. 어떻게 조합을 해야 하는지 알아 났으니, 약물을 다시 구하는 대로 다른 서찰도 복원하면 되지."

"그게……."

"혹시 기억나지 않는 건 아니겠지?"

"사실은 기억이 안 나요."

"흠."

"죄송해요, 공자님."

"아니야. 이 서찰 두 개만 복원해도 충분하다. 암제가 그토록 소중하게 보관하던 서찰이 어떤 건지 엿보기만 해도 성공이지. 고생했다, 설화야."

한빈은 자리에 앉아서 서찰을 펼쳤다.

그 옆으로 홍칠개가 따라 앉았다.

설화는 조용히 천장을 올려다봤다.

그곳에는 꿀벌이 빙글빙글 돌고 있었다.

그때 꿀벌이 다시 설화를 향해서 날아왔다.

웽.

동시에 설화가 손을 뻗었다.

백호도 질 수 없다는 듯 허공을 향해 뛰어올랐다.

하지만 꿀벌은 아무렇지 않게 설화와 백호의 추격을 따돌렸다.

그때였다.

갑자기 꿀벌의 날갯짓 소리가 멈추었다.

설화는 본능적으로 고개를 돌렸다.

한빈이 꿀벌을 손가락 두 개로 가볍게 잡고 있었다.

그렇게 용을 써도 못 잡은 꿀벌을 한빈은 아무런 힘도 쓰지 않고 잡아 버린 것이다.

한빈이 꿀벌을 잡은 손가락을 들어 올렸다.

"이놈이 널 괴롭힌 건가?"

"어떻게 잡으신 거예요?"

"그냥."

한빈이 손가락을 살짝 흔들자, 꿀벌은 벗어나려고 꿈틀거렸다.

하지만 한빈의 손가락을 벗어날 수 없었다.

그런 꿀벌을 본 설화는 만감이 교차했다.

처음에는 얄미웠는데 지금 보니 한빈의 손가락에서 꿈틀대는 꿀벌이 불쌍해 보였다.

거기에 우연이긴 해도 꿀벌 덕분에 서찰을 복원할 수 있었다.

이 서찰을 복원한 데에는 꿀벌의 공도 미미하게 있다는 말이었다.

설화의 계산대로라면 약물은 열 번 정도 사용하면 바닥을 드러낼 수밖에 없었다.

하지만 열 개가 넘는 호리병을 조합하려면 몇백 번의 시도를 해야 했다.

그러니 이것은 어찌 보면 행운이었다.

망설이는 설화를 본 한빈이 말했다.

"조금 위험한 놈인 것 같은데, 없애는 게……."

"아니에요. 그냥 살려 주세요."

"살려 줘? 이놈 때문에 소동이 벌어진 거 아니었어?"

"아, 알고 계셨어요?"

"내가 귀는 밝잖아."

"그런데 그냥 놔두신 거예요?"

"결과적으로 잘됐잖아."

한빈은 바닥에 있는 서찰을 가리키며 웃었다.

지금 한 말은 진심이었다.

자신이 했다면 이렇게 좋은 결과를 얻어 내지 못했을 터였다.

한빈은 손가락을 풀었다.

순간 꿀벌이 웽 소리를 내며 도망갔다.

그것도 잠시, 꿀벌은 설화의 주변을 다시 맴돌았다.

전처럼 놀리던 동작이 아니었다. 꿀벌은 동그라미를 그리며 기분 좋게 설화의 주변을 날아다녔다.

마치 살려 줘서 고맙다는 표시를 하는 것 같았다.

백호도 더는 꿀벌을 쫓지 않았다.

주인인 한빈이 살려 준 꿀벌은 적이 아니었다.

꿀벌도 그 분위기를 아는 것만 같았다.

설화는 고개를 갸웃했다.

"아까는 왜 그렇게 날 괴롭힌 거야?"

웽.

꿀벌은 소리만 낼 뿐 어떤 답도 하지 않았다.

그때 한빈이 웃었다.

"그걸 모르다니 실망인데."

"공자님은 꿀벌이 저를 괴롭힌 이유를 아세요?"

"당과!"

한빈이 짧게 답하자 설화가 재빨리 물었다.

"그게 무슨 말이에요? 꿀벌하고 당과가 무슨 상관이 있다
고요?"

"네가 평상시 입에 달고 사는 게 당과잖아. 그러니 그 향기
에 꿀벌이 끌리는 게 당연하지."

"그럼 제 몸에……."

"당연히 당과 냄새가 배어 있지."

"앗."

놀란 설화가 킁킁대며 자신의 옷에 밴 냄새를 맡기 시작했
다.

그것도 잠시, 설화는 고개를 갸웃했다.

아무리 집중해도 자신의 몸에서 당과 냄새는 나지 않았다.

아마도 꿀벌만이 맡을 수 있는 냄새가 분명했다.

그렇다면?

설화는 자신도 모르게 재빨리 한빈을 바라봤다.

그러고는 고개를 돌려 꿀벌을 바라봤다.

영충으로 보이는 꿀벌과 한빈이 비슷한 후각을 가지고 있다는 이야기였다.

그게 가능할까?

설화는 계속 한빈을 바라보다가 조심스럽게 물었다.

"공자님, 그럼 제가 당과라는 거예요?"

"꿀벌의 눈에는 당과보다는 꽃으로 보이지 않았을까?"

"저, 정말로요?"

설화가 당황한 표정으로 꿀벌을 봤다.

꿀벌에게 꽃으로 보였다는 말이 묘했다. 꿀벌에게 꽃이란 밥이 아니던가?

하지만 사람을 꽃에 비유하면 칭찬이 된다.

설화는 일단 칭찬으로 알아듣기로 했다.

한빈은 설화의 시선에 아랑곳하지 않고 서찰을 살폈다.

서찰은 완벽하게 복원되어 있었다.

하지만 모든 것이 암어로 되어 있었다.

홍칠개는 포기한 듯 한숨을 팍팍 내쉬었다.

"아무리 봐도 나는 모르겠구나."

"사부님은 좀 쉬십시오."

"그래도 될까?"

홍칠개는 재빨리 뒤로 물러나 주위를 두리번거렸다.

그 모습에 설화가 재빨리 물었다.

"뭘 찾으세요?"

"혹시 남는 술이 어디 없나 해서 말이다."

"에이, 여기에 남는 술이 어디 있어요?"

"흠."

"뭐, 찾으러 나가시면 되잖아요."

"그건 불가능하다."

"여기가 막힌 것도 아닌데 왜 못 나가요?"

"제자와 나는 중요한 낚시 중이다."

"낚시라니요? 그럼 혹시 우리가 미끼예요?"

"사람이 미끼가 아니라 이 창고가 미끼지."

"자, 잠시만요. 그렇다면…….."

"그 쪽지를 보낸 것도 적들을 기다리기 위함이다."

"그럼 적들이 이 창고에 든 보물을 찾으러 나타날 거란 말이잖아요."

"그야 당연하지 않으냐? 이런 귀한 물건을 두고 달아날 놈들이라면 이 정도로 기관 장치에 신경을 쓰지도 않았을 게다. 그러니 놈들은 분명히 나타난다."

홍칠개는 입술을 잘근 씹었다.

그도 그럴 것이, 이런 수모는 강호라는 세상에 나오고 나서 처음 있는 일이었다.

천하의 무제자 홍칠개가 누군가에서 납치되었다고 소문이

라도 난다면!

아니, 소문이 문제가 아니라 제자에게 못난 꼴을 보였다는 게 홍칠개의 마음을 짓눌렀다.

그때였다.

백호가 홍칠개의 옆에 앉았다.

마치 홍칠개의 마음을 안다는 듯 판박이 같은 표정을 짓고 말이다.

홍칠개는 재빨리 백호의 목덜미에 엽전 몇 개를 끼워 넣고 낮은 목소리로 속삭였다.

"술 좀 구해 오너라. 남는 돈으로는 육포를 사 먹어도 좋다."

끄릉.

백호가 고개를 갸웃하자 홍칠개가 눈을 찡긋했다.

순간 백호가 어디론가 사라졌다.

그 모습에 설화가 눈을 가늘게 떴다.

"아까 들어 보니 공짜 술 드시다가 당하셨다면서요. 그런데도 술을 찾으시면 어떻게 해요?"

"그래서 이번에는 돈을 냈다."

홍칠개는 자신의 텅 빈 전낭을 가리켰다.

그 모습에 설화가 한숨을 내쉬었다.

"후. 어르신은 정말……."

"녀석이 오면 네게도 술을 나눠 주마."

"저는 됐거든요."

그들이 아옹다옹하며 대화를 주고받을 때였다.

딱!

뒤쪽에서 손가락 튕기는 소리가 들려왔다.

물론 한빈이 낸 소리였다.

홍칠개가 다급하게 일어나 한빈에게 다가갔다.

그는 슬그머니 입꼬리를 올린 한빈의 모습을 보았다.

그것이 무엇을 의미하는지는 뻔했다.

홍칠개가 활짝 웃으며 말했다.

"해석했구나, 제자야."

"네, 어느 정도는 이해했습니다."

"어떤 음흉한 내용이 담겨 있더냐?"

"이것은 음흉한 계획 같은 것이 아닙니다."

"계획이 아니라고? 그럼 밀서더냐?"

"이것은 무공입니다. 그것도 어떤 무공을 파훼하기 위해 만든 것입니다. 저기 있는 저 서찰도 마찬가지입니다."

한빈이 다른 서찰을 가리키자, 홍칠개가 다급하게 물었다.

"파훼법이라면…… 어떤 무공의 파훼법이라는 말이냐? 혹시 정파의 무공을 파훼하기 위해서 만든 초식이더냐?"

"그건 모릅니다. 여기 있는 선 말입니다. 이건 검법입니다. 그리고 이 긴 선을 보십시오. 이건 분명히 창술이 분명합니다."

"흠."

"그런데 이쪽 선은 이상합니다."

한빈이 일어나서 맨손으로 검술을 시전했다.

맨손으로 검술을 펼쳤지만, 한빈의 기세는 살아 있었다.

마치 손에 검을 든 것 같은 착각이 들 정도였다.

한빈은 초식을 펼치다가 뒤를 이어 반대 방향을 바라봤다.

"이곳과 이곳이 한 선으로 이어집니다. 이건 공간의 문제가 아니라 시간의 문제입니다. 사람의 무술이 아니라는 거죠. 좋게 생각하면 이 파훼법은 정파의 무공을 상대로 한 것이 아닙니다."

"파훼법 자체가 사람의 무술이 아니다라……. 그렇다면 파훼하려고 한 무공도 사람의 것이 아니겠군."

홍칠개가 진중한 표정으로 수염을 쓸어내렸다.

그도 한빈의 말에 동의할 수밖에 없었다.

서찰 속의 글자를 글이 아닌 단순한 투로(鬪路)로 이해하자 모든 것이 해결되었다.

한빈의 말대로 서찰 속의 선은 초식 간의 상성을 풀어놓은 것이 분명했다.

더 중요한 것은 서로의 공방을 보면 사람의 대결일 수 없다는 점이었다.

반대의 공간을 하나의 검으로 어떻게 동시에 찌를 수 있을까?

초식 자체가 시간을 초월해야 실현 가능했다.

저런 초식을 전개하려면?

아마도 천외천이라 불리는 자들만이 가능할 것이다.

천외천의 무공을 파훼하기 위한 천외천의 초식이라!

홍칠개의 개방도 특유의 촉이 곤두섰다.

그가 생각하는 것은 간단하다.

제자 한빈에게 들었던 천외천의 무리는 백경이란 단체밖에 없었다.

강호에도 수많은 문파가 있듯이, 천외천에도 수많은 조직이 있지 않을까.

홍칠개는 조용히 선을 바라봤다.

이해할 수 없지만 이해해야 하는 문서가 분명했다.

한빈도 말없이 서찰을 바라봤다.

사실 한빈은 이 서찰을 이해하기 위해서 적지 않은 지(智)의 구결을 소모했다.

처음에는 아예 지의 구결을 사용할 수 없을 정도로 꽉 막혔지만, 이것이 무공이라는 것을 알게 된 후에는 지의 구결을 사용하여 머리에 넣을 수 있었다.

펼칠 수 있는 것과 기억할 수 있는 것은 전혀 다른 문제였다.

한빈은 지금 당장 이 초식을 펼칠 수는 없어도 일단은 머리에 담아 둘 수가 있었다.

그렇게 머릿속에 담은 것이 두 가지 파훼법이었다.

아직 이 방에 멀쩡한 서찰은 몇 개 더 남아 있었다.

그것들은 일단 이 상태로 보관하는 것이 맞았다.

이번 해독은 순전히 설화의 운으로 이루어졌음을 한빈은 알고 있었다.

이어지는 기연

바닥에 펼쳐진 서찰 속 내용을 관찰한 지 얼마나 지났을까?

푸서석.

바닥에 펼쳐 놓은 서찰이 부서져 내렸다.

순간 홍칠개가 눈을 크게 떴다.

"어, 어……. 이 소중한 비급이!"

"놀라지 마십시오."

"어찌 놀라지 않겠느냐? 제자야."

"잠시만 기다리십시오. 일단은 제가 기억하고 있는 것을 보여 드리겠습니다."

"보여 준다고? 그게 무슨 말이냐?"

"일단!"

한빈은 바닥에 떨어진 가루를 곱게 폈다.

덕분에 바닥에 희미하게 먼지가 깔렸다.

한빈은 그 먼지 위에 손가락으로 선을 그리기 시작했다.

바로 서찰에 그려져 있던 선이었다.

선을 본 홍칠개가 눈을 크게 떴다.

"이, 이걸 다 기억했다고? 역시 사부를 닮아서 천재였구나, 제자야."

그때 설화가 고개를 갸웃하며 끼어들었다.

"우리 공자님이 누굴 닮았다고요? 전혀 안 닮은 것 같은데……."

"험."

홍칠개가 수염을 쓸어내리며 고개를 돌렸다.

그러고는 보이지 않게 웃음을 지었다.

제자의 시녀인 설화는 홍칠개에게 각별한 존재였다.

거지에게 유일하게 당과를 얻어먹는 아이라는 점에서 특별하지 않을 수 없었다.

그만큼 둘 사이에는 격이 없었다.

홍칠개는 이런 설화의 농담이 정겨웠다.

마치 손녀의 재롱을 보는 듯한 기분이었다.

설화도 홍칠개의 이런 반응이 좋아서 던진 농담이었다.

설화는 고개를 돌린 후 튀어나오려는 웃음을 참았다.

소리는 들리지 않지만, 주변에 웃음기가 맴돌았다.

그때 어디선가 은밀한 발소리가 들려왔다.

사각사각.

고개를 돌려 보니 소리의 정체는 바로 백호였다.

백호는 호리병 하나를 물고 있었다.

홍칠개가 부탁한 술이 분명했다.

순간 설화는 고개를 갸웃했다.

아무리 생각해도 백호가 어떻게 술을 구해 왔는지 이해가 가지 않았기 때문이다.

그때 홍칠개가 바람처럼 다가와서는 백호가 입에 물고 있는 호리병을 받았다.

"잘했다, 이놈아."

백호의 머리를 쓰다듬는 홍칠개.

하지만 설화는 잔뜩 긴장한 표정으로 주변을 바라봤다.

그 모습에 홍칠개가 물었다.

"왜 그러느냐?"

"아무리 생각해도 술을 어디서 구했는지 이해가 되지 않아서요. 이 주변 상인들은 하나도 남김없이 점포를 비웠거든요. 그런데 백호는 어디에서 술을 가져온 걸까요?"

말을 마친 설화가 백호를 바라봤다.

백호는 끙 소리를 내며 고개를 갸웃했다.

아무래도 무슨 말인지 못 알아듣는 것 같았다.

그때였다.

서걱서걱.

어디선가 다시 묘한 소리가 들려왔다.

설화는 재빨리 구결십팔보를 펼쳐 그곳으로 이동했다.

설화가 이동한 곳은 마구간과 연결된 곳이었다.

그곳에서 다시 소리가 들렸다.

서걱서걱.

가만히 보니 그곳은 밖과 연결된 개구멍이 있는 곳이었다.

그 개구멍에서 뱀의 혓바닥처럼 붉은 검신이 들락날락하고 있었다.

저리 붉은색을 띤 검은 한빈이 준 혈랑검밖에 없었다.

설화는 자신의 품에 들어 있는 우혈랑검을 만졌다.

우혈랑검이 자신의 품에 있으니, 저것은 분명히 좌혈랑검이었다.

그렇다면 상대는?

설화가 입가에 미소를 지었다.

그러고는 조용히 문을 열었다.

아니나 다를까? 마구간 구석에 쪼그리고 앉아 개구멍을 넓히려고 하는 이는 청화였다.

설화는 조용히 청화에게 다가갔다.

청화가 지금 하는 행동은 자신이 했던 것과 똑같았다.

설화는 슬며시 백호의 소리를 흉내 냈다.

"크릉."

순간 청화가 돌아봤다.

고개를 돌린 청화는 석상이 된 것처럼 설화를 바라봤다.

이상한 것은 청화의 표정이었다.

청화는 놀란 것이 아니라 울먹이고 있었다.

설화가 청화의 머리를 쓰다듬었다.

"표정이 왜 그래? 청화야."

"저는 언니가 잘못된 줄 알았어요. 갑자기 백호까지 사라
져서는……."

청화는 여전히 울먹였다.

이쯤 되자 설화는 놀린 것이 미안해졌다.

사천당가 제일의 독인이 이렇게 울먹인다고 하면 세상에
믿을 사람이 있을까?

아니 청화는 사천당가 제일의 독인이 아니라 천하제일의
독인이었다.

설화는 청화의 소매를 잡아끌었다.

"이리로 와."

"헉, 여기에 문이 있었어요?"

"나도 못 봤지 뭐야. 문을 놔두고 너랑 똑같이 개구멍을 팠
어. 헤헤."

"그러니까 우리는 자매죠."

청화가 기쁜 듯 활짝 웃었다.

잠시 후.

무공에 대한 해석이 어느 정도 이루어졌다.

파훼법이나 파훼법이 노리는 무공 모두 강호의 무공이 아니라는 것.

그리고 그 무공을 펼치기 위해서는 화경을 넘어서야 한다는 것이 마지막 결론이었다.

암제가 계획하고 있었던 것은, 무림을 손아귀에 넣는 것 이상이었으리라는 게 한빈과 홍칠개의 공통적인 생각이었다.

이제는 청화까지 합류한 상황.

청화는 이제까지의 진행 상황을 털어놓았다.

"지금 사람들이 쉬지 않고 쇳덩이를 걷어 내고 있어요."

"흠."

"모두가 필사적이에요. 그 무섭던 언니는 손아귀에 피가 나올 정도로 열심히 잔해를 파내고 있어요."

"언니라니?"

한빈이 묻자 설화가 거들었다.

"아미파의 주려한 언니를 말하는 것 같아요."

"아, 맞다. 그 언니요. 갑자기 적에서 아군이라니……. 조금 미덥지는 못하지만, 어쨌든 제일 열심히 돕고 있어요."

"믿어도 좋다."

한빈이 딱 잘라 말했다.

그 말에 설화와 청화는 방아깨비처럼 고개를 끄덕였다.

그것도 잠시, 홍칠개가 말했다.

"대체 언제까지 이곳에 있어야 하는 것이냐?"

"적들이 미끼를 물기 전까지 여기 머물러야 할 것 같습니다. 아마도 이틀은 넘지 않을 겁니다."

"이틀이라……."

"그자들은 이곳에 있는 보물을 찾기 위해 다른 이들의 눈을 피해 움직이겠지요. 아니 눈을 피하는 게 아니라 오히려 그 반대일지도 모릅니다."

"제자야, 내가 긴히 할 말이 있다."

"말씀하십시오, 사부님."

"우리가 덫을 놓고 적을 기다리는 것도 좋지만, 그 전에 더 중요한 일이 있다."

"그게 무엇입니까?"

"바로 이게 문제다."

홍칠개가 심각한 표정으로 자신의 단전을 가리켰다.

그 모습에 한빈이 재빨리 물었다.

"혹시 운기를 잘못하신 겁니까? 단전에 이상이라도 생기셨어요? 어디 좀 보죠."

한빈이 재빨리 홍칠개의 완맥을 잡았다.

그러고는 고개를 갸웃했다.

"진기가 안정적인 게 문제는 없는 것 같습니다. 혹시 다른 문제가……."

"그게 아니라 허기가 져서 힘들다. 아까 술이 아니라 음식을 구해 왔어야 했구나, 제자야."

말을 마친 홍칠개는 조용히 고개를 돌렸다.

순간 한빈의 배 속에서도 꼬르륵 소리가 들려왔다.

한빈은 재빨리 허공을 바라봤다.

바로 용린검법의 구결을 확인하기 위함이었다.

용린검법의 구결은 천천히 회복되고 있었다.

하지만 허기는 용린검법의 구결로도 회복할 수 없었다.

물론 신체를 회복시키면 활동은 이어 갈 수는 있었다.

하지만 허기는 다른 문제였다.

배고픔은 모든 의욕을 감소시키기 마련이었다.

한빈은 팽경빈과 혈금의 합공을 막는 데 모든 심력을 쏟았다.

몸도 마음도 이제는 한계에 부딪친 것이다.

조용히 시간을 낚아야 하는 상황이 오자 이제야 허기가 느껴졌다.

이 상태로라면 적이 나타났을 때 오히려 자신이 위험할 수도 있었다.

그때 홍칠개가 천장을 보며 한숨을 쉬었다.

"허."

이어서 설화의 배 속에서도 꼬르륵 소리가 났다.

설화도 고개를 푹 숙였다.

생각해 보니 자신도 한참을 굶었다.

이전에는 몰랐는데 홍칠개의 말을 듣고 보니 힘이 쭉 빠졌다.

이럴 줄 알았으면 정화 객잔에서 나온 음식들을 싸 왔을 것이다.

창고에 영약이 섞인 벽곡단이 있긴 하지만, 그것은 먹을 만한 게 아니었다.

설화와 홍칠개는 서로를 바라봤다.

설화나 홍칠개 모두 식사다운 식사를 하고 싶었다.

그때였다.

천장에서 꿀벌이 웽웽거리며 설화의 주변을 맴돌았다.

그 모습에 설화가 미간을 좁혔다.

"봐줬더니 또 덤비는 거야? 이 언니가 배고파서 놀아 줄 기분이 아니거든."

웽.

꿀벌이 두 개의 원을 그리며 설화의 앞에서 비행했다.

마치 따라오라는 표시 같았다.

고개를 갸웃한 설화는 조용히 꿀벌을 따라갔다.

물론 그 뒤를 청화도 따라갔다.

웡.

꿀벌은 일부러 소리를 내는 듯 보였다.

사실 꿀벌이 안내하는 통로는 조금 어두웠다.

꿀벌은 어둠 속을 능숙하게 비행했다.

녀석이 멈춘 곳은 입구가 뻥 뚫린 방이었다.

출입문이 없는 커다란 공간이라?

자세히 보면 아무 쓸모 없는 방처럼 보였다.

그도 그럴 것이, 방 입구에는 폐품 더미가 쌓여 있었다.

이곳에 모아 놓은 물건 중 쓸모없는 것을 놔두는 공간이 분명했다.

꿀벌은 그 폐품을 넘어 방구석으로 날아갔다.

설화도 폐품 더미를 지나 꿀벌을 따라갔다.

꿀벌이 멈춘 곳에는 희미한 불빛이 새어 나오고 있었다.

밖과 연결된 틈이 분명했다.

유일하게 이곳에서 바깥의 공기를 맡을 수 있는 공간이라?

꿀벌이 내려오더니 일정한 바닥 위를 웡웡거리며 돌았다.

분명히 뭔가를 가리키는 것이 분명했다.

순간 설화의 눈이 커졌다.

꿀벌이 가리키는 곳에는 조그만 버섯이 자라 있었다.

이상한 것은 버섯의 윗부분이 반들반들하다는 점이었다.

설화는 바로 그 정체를 알아냈다.

버섯의 위쪽은 벌꿀로 덮여 있었다.

마치 당과처럼 말이다.

꿀벌이 윙윙거리며 버섯 위를 비행했다.

마치 먹어도 된다고 허락하는 듯 보였다.

설화는 조심스럽게 버섯을 네 송이 따서 한빈에게 돌아갔다.

설화는 재빨리 한빈과 홍칠개에게 버섯을 건넸다.

버섯을 받은 한빈이 물었다.

"이게 뭐지?"

"저기 있는 꿀벌이 준 버섯이에요."

설화가 천장을 가리켰다.

한빈이 천장을 한 번 보더니 고개를 끄덕였다.

"흠, 그럼 안전하겠구나."

"공자님, 저 꿀벌을 어떻게 믿어요?"

"꿀벌을 믿는 게 아니라 널 믿는 거지. 이 버섯은 네가 가져온 게 아니냐?"

"아, 절 믿는 건 좋은데⋯⋯."

"그리고 설마하니 우리가 구해 줬는데 배신이야 하겠느냐? 영물이란 놈은 사람보다 은원이 확실하지."

"저 꿀벌이 영물이라고요?"

"네가 손도 못 댄 놈이 아니더냐? 거기에 백호가 헛손질하는 것을 보면 보통 놈은 아니지."

말을 마친 한빈은 아무렇지 않게 버섯을 한 입 베어 물었다.

잠시 맛을 음미하던 한빈은 다시 한 입 크게 물었다.

그러고는 조용히 눈을 감고 가부좌를 틀었다.

그 모습에 설화가 놀라서 외쳤다.

"호, 호법을……!"

순간 한빈이 조용히 말했다.

"무아지경에 든 것이 아니니 호들갑 떨지 말아라."

"그럼 왜 가부좌를 틀고 눈을 감으신 건가요?"

"생각할 게 있어서 잠시 눈을 감았다."

말을 마친 한빈은 다시 입을 닫았다.

그 모습을 본 홍칠개도 한빈을 따라 버섯을 한 입 베어 물었다.

순간 홍칠개의 눈이 커졌다.

"세, 세상에 이런 맛이 있다니. 광개의 토끼구이보다 맛있는 음식은 처음이구나."

말을 마친 홍칠개가 다시 버섯을 조금씩 입에 넣었다.

마치 버섯을 아껴 먹으려는 듯 보였다.

모두의 표정을 살피던 설화가 고개를 갸웃했다.

버섯을 맛본 둘의 표정이 제각각이었다.

설화는 천장을 한 번 올려다보고 버섯을 집었다.

꿀벌에게 다시 확인을 받기 위함이었다.

녀석이 답하듯 천장에 원을 그렸다.

설화는 버섯을 살짝 입에 넣어 봤다.

입속에서 버섯을 오물거리던 설화가 눈을 동그랗게 떴다.

설화는 홍칠개의 말을 그제야 이해할 수 있었다.

버섯은 그 어떤 당과보다도 맛있었다.

당과를 좋아해서 웬만한 지역의 유명한 당과 장수를 모두 알고 있는 설화였다.

설화는 평생 이렇게 달콤한 음식은 먹어 본 적이 없었다.

그뿐이 아니었다. 한 입 베어 문 것만으로 포만감이 차올랐다.

보통의 포만감이 아니라 한 입만으로도 밥 한 끼를 먹은 것 같은 착각이 들었다.

지금 손에 쥐고 있는 버섯이 보통 물건이 아니라는 뜻이었다.

설화는 자신도 모르게 꿀벌을 바라봤다.

그러고는 엄지를 척 들어 올렸다.

그 모습에 꿀벌이 반응했다.

윙.

그때 바닥에 엎드려 있던 백호가 불쌍한 표정으로 설화를 바라봤다.

끄릉.

설화는 백호의 앞에 버섯을 조금 떼서 놓았다.

순간 꿀벌이 쏜살처럼 날아왔다.

슈웅!

날아온 꿀벌이 바닥에 떨어진 버섯을 낚아챘다.

자신의 몸보다 더 큰 버섯 조각을 들고 비행하는 꿀벌.

설화의 눈에는 꿀벌이 아니라 버섯이 날아다니는 것처럼 보일 정도였다.

백호가 약이 올랐는지 허공으로 뛰어올랐다.

버섯을 들고 이동하는 꿀벌은 이전보다 확연히 느렸다.

백호한테 잡히는 것은 시간문제였다.

백호가 꿀벌을 허공에서 낚아채려 할 때였다.

버섯이 갑자기 힘을 잃고 떨어졌다.

버섯을 놓고 꿀벌이 도망간 것이다.

백호는 어처구니없이 헛발질한 후 착지했다.

그때 꿀벌이 떨어지는 버섯을 다시 낚아채 천장으로 날아올랐다.

그 모습을 보던 설화가 놀라 눈을 크게 떴다.

한빈의 말대로 꿀벌은 영물이 맞았다.

설화가 천장에 붙은 꿀벌을 보고 말했다.

"친구끼리 나눠 먹어야지."

웽.

꿀벌이 날아오더니 버섯을 백호의 앞에 떨어뜨렸다.

백호가 고개를 갸우뚱하며 꿀벌을 바라봤다.

꿀벌이 백호의 앞에서 동그라미 두 개를 그렸다.

백호가 그제야 떨어진 버섯을 먹었다.

그 모습에 놀란 설화가 물었다.

"친구라는 말도 아는 거야?"

웽.

꿀벌이 답하듯 날갯짓했다.

청화도 그 모습을 보며 신기한지 웃고 있었다.

"진짜 신기하네요. 그건 그렇고 왜 이렇게 배가 부르죠? 이 버섯 정말 신기해요. 맛도 좋고요."

"그러게. 조금 먹었는데도 묘하게 배가 부르네."

설화가 웃자 청화도 포만감 가득한 얼굴로 마주 웃었다.

그때였다.

한빈이 눈을 떴다.

하지만 한빈은 아무런 행동도 하지 않았다.

대신 조용히 일어나 입을 열었다.

"배를 채웠으면 일하자."

"고, 공자님, 괜찮으신 거죠?"

"나는 괜찮다. 그런데 너희들은?"

한빈이 설화와 청화를 바라봤다.

마치 범인을 찾는 포쾌와도 같은 진지한 눈빛을 하고 말이다.

그 눈빛의 의미를 모르는 설화는 아무렇지 않게 답했다.

"저는 괜찮아요."

"저도요."

청화가 씩 웃자, 옆에 있던 홍칠개가 달려왔다.

"몸이 근질거리던 참이다. 이제 몽둥이를 들어도 되겠느냐? 제자야."

홍칠개가 몽둥이를 휙휙 돌렸다.

그 모습에 한빈이 주위를 둘러봤다.

"이제부터 중요한 물건을 한데 모아야 할 것 같습니다."

"흠."

"이제 슬슬 주인이 찾으러 올 때가 됐으니까요."

"알겠다."

홍칠개가 양 소매를 걷어붙였다.

그 모습에 한빈이 홍칠개에게 물었다.

"사부님도 괜찮으신 거 맞습니까?"

"지금 무슨 말을 하는 게냐?"

"혹시 내공이 차오르지 않습니까?"

"내공은 모르겠지만, 배는 찼다. 나는 그거면 충분하다."

"그럼 됐습니다."

한빈이 활짝 웃으며 양팔을 걷어붙였다.

하지만 한빈의 시선은 허공에 꽂혀 있었다.

사실 눈을 감고 좌선을 했던 것은 용린검법의 구결 때문이었다.

다른 사람은 모르겠지만, 한빈은 버섯과 꿀이 그 어떤 영약보다 효과가 뛰어나다는 것을 알고 있었다.

한빈이 눈을 감았던 것은 이 버섯의 효능 때문이었다. 버섯을 먹고 나니 달라진 점이 있었다.

바로 구결의 회복 속도였다.

구결이 회복되는 속도가 눈에 띄게 달라진 것이다.

한빈은 눈을 감고 자신의 몸을 관찰했다.

하지만 몸에 변화는 없었다.

단순하게 구결의 회복 속도만 달라졌을 뿐이다.

물론 그것만으로도 놀라웠다.

이제까지 구결의 회복 속도에 도움을 주는 영약이 있었던가?

한빈의 기억으로 그런 영약은 존재하지 않았다.

내공을 늘려 주는 영약이라면 모르지만, 먹는 즉시 구결의 회복 속도를 늘려 주는 물건은 처음이었다.

한빈은 꿀벌을 발견한 것이 기연이라고 생각했다.

어찌 보면 서찰을 원상 복구해서 해독한 것보다, 꿀벌의 버섯이 한빈에게는 더 큰 이득이었다.

다만, 실망스러운 것은 그 기연이 자신에게만 해당한다는 점이었다.

설화나 청화 그리고 홍칠개는 이 영초의 영향을 전혀 받지 않은 듯 보였다.

한 시진 후.

그들은 모든 일을 끝냈다.

가장 중요한 서찰은 꿀벌이 안내한 방으로 옮겼다.

다른 중요한 물건도 마찬가지였다.

값이 나가는 물품은 모두 폐품을 모아 놓은 창고로 옮겨 놨다.

등잔 밑이 어둡다는 강호 속담이 있다.

폐품이 보관된 창고는 절대로 수색할 생각을 하지 않을 것이다.

설화와 청화 그리고 홍칠개는 허기가 질 때마다 꿀벌이 준 버섯을 베어 물었다.

그렇게 한 시진이 지나자 남아 있는 버섯은 없었다.

그때 한빈이 손을 탁탁 털었다.

"안쪽 정리는 끝났으니, 이제부터 손님을 맞이하러 가 봐야겠습니다."

"진짜 적들이 다시 올 것이라고 생각하느냐?"

"물론이죠. 저 같아도 이런 보물은 포기 못 합니다."

"적이 그렇게 어수룩하겠느냐? 그들의 본거지인 객잔이

저리되었는데 바로 찾아온다고?"

"욕심은 항상 이성을 마비시키는 법이죠."

"흠."

홍칠개가 수염을 어루만졌다.

한빈의 말에 그 역시 동의했다. 자신도 식탐 때문에 이리 되지 않았는가!

한빈은 홍칠개를 바라봤다.

순간 홍칠개가 설화와 청화를 뒤로 물렸다.

그 모습을 확인한 한빈이 월아를 들었다.

그러고는 창고의 위쪽을 찔렀다.

'파혼일검!'

홍칠개 덕분에 발견했던 파혼일검이었다.

이제는 아무런 준비 없이 쉽게 펼칠 수 있었다.

월아를 뻗는 순간, 가느다란 줄기가 검 끝에서 발출되었다.

바늘처럼 가느다란 용린의 기운이 일렁였다.

휙!

한빈이 노린 것은 천장이었다.

정확히는 폐품 창고의 문을 지탱하고 있는 기관 장치였다.

순간 천장에서 육중한 무쇠가 떨어졌다.

쿠아앙!

꽝음이 울린 후 무쇠 벽이 내려앉으며 폐품 창고와 한빈의 사이를 막았다.

한빈은 폐품 속에 섞여 있는 보물을 등지고 돌아섰다.

한빈의 표정에 미련 따위는 남아 있지 않았다.

지금 한빈에게 필요한 것은 보물이 아니었다.

저 보물의 주인을 만나는 것이 먼저였다.

객잔의 잔해를 치우고 있는 아미파도 어찌 보면 위기였다.

거기에 더해서 설화가 몸담고 있던 흑천도 무너지기 일보 직전으로 보인다.

이 모든 것을 초래한 것은 바로 다름 아닌 이곳의 주인이었다.

한빈은 생각나는 이름이 하나 있었다.

바로 정화 부인이었다.

팽경빈의 뒤에 정화 부인이 있는 것은 당연할 터.

이번 기회에 그녀와 담판을 짓는 것이 맞았다.

이제 모든 준비는 끝났다.

과연 어떤 자들이 몰려올까?

한빈이 주먹을 꽉 말아 쥐고 있을 때였다.

설화가 휘청였다.

휘청이는 설화를 청화가 잡았다.

"왜 그래요, 언니?"

"식곤증 때문인가? 자꾸 잠이 오네."

말을 마친 설화가 다시 휘청였다.

누가 봐도 식곤증 때문만은 아니었다. 식곤증으로 저렇게 휘청일 무인이 어디 있단 말인가?

청화가 다급하게 물었다.

"괜찮은 거예요, 언니?"

"아, 아무것도 아니야. 갑자기 잠이 쏟아져서 그래. 그런데 너는 괜찮아?"

도리어 청화의 상태를 묻는 설화.

청화는 재빨리 손을 흔들었다.

"나는 아무렇지 않은데요, 언니."

"이상하다……. 왜 나만 이렇지?"

"혹시 버섯 말고 다른 거 드신 거 아니에요?"

청화가 의심의 눈초리로 설화를 바라봤다.

그때였다.

설화가 갑자기 자리에서 폭 쓰러졌다.

그 모습에 청화가 놀라 설화를 양팔로 받쳤다.

청화는 설화를 바닥에 눕혔다.

옆에서 보고 있던 홍칠개도 놀라서 설화의 완맥을 잡았다.

순간 홍칠개의 눈이 커졌다.

"이건……."

"왜 그러세요?"

청화가 묻자, 홍칠개가 설화를 가리켰다.

"체내에 한기가 너무 강하구나. 이대로라면……."

그때 한빈이 기다렸다는 듯 다가왔다.

설화를 한 번 살핀 한빈이 희미하게 웃었다.

"청화야, 설화는 걱정 안 해도 된다."

"지금 몸이 점점 차가워지는데요?"

"아마도 이건 설화가 얻은 기연 같구나."

"기연이라고요?"

"네가 공독지체가 된 것처럼……. 설화도 기연을 얻은 것 같다. 이 버섯과 꿀로 말이다."

"저도 버섯을 먹었는데요. 그리고 홍 사부님도 그렇고요."

"특정 체질에만 통하는 영약도 있는 법이다. 설화의 표정을 보면 곤히 잠든 것 같지 않으냐? 저렇게 편히 자는 것을 본 적이 있느냐? 어찌 보면 저 자체가 기연이지."

한빈이 피식 웃자, 청화도 고개를 끄덕였다.

잠시 미소를 교환하던 한빈이 다시 잠든 설화를 바라봤다.

설화는 특급 살수 시절부터 시작해서 지금까지 한시도 편히 잠든 적이 없었다.

항상 잘 웃어 푼수처럼 보이기는 해도, 잠을 자면서까지 단검을 손에서 놓은 적이 없는 아이였다.

삶 자체가 긴장의 연속이었으니 편히 쉴 기회가 없었다.

아니, 편히 쉬라고 지시해도 설화는 말을 듣지 않았다.

설화에게는 지켜야 할 사람이 많았다.

한빈이 잠들면 항상 등을 지켜 주던 이가 설화였으니까!

하지만 지금은 달랐다.

모든 것을 내려놓고 편하게 잠들어 있었다.

한빈은 신기하다는 듯 설화를 바라봤다.

몸 안의 한기가 활성화된다고?

생각지도 못한 기연이었다.

재미있는 것은 청화나 홍칠개에게는 포만감을 제외하고는 아무런 효과도 없다는 점이었다.

편안한 한빈의 표정과는 달리, 홍칠개와 청화는 안절부절 못했다.

하지만 한빈은 설명할 수 없었다.

그들에게 용린의 기운이 인정한 영약이라고 설명해 줄 수는 없었으니까.

그때였다.

밖에서 소란이 일어났다.

탕. 탕!

마치 문짝을 부수는 듯한 소리.

이곳의 주인이 도착한 것이 틀림없었다.

한빈은 재빨리 홍칠개와 청화에게 눈짓했다.

순간 그들은 약속된 장소를 향해 걸음을 옮겼다.

구결십팔보를 펼치자 낙엽 밟는 소리만 남았다.

한빈은 곤히 잠든 설화를 재빨리 어깨에 들쳐 멨다.

그리고는 구결십팔보를 펼쳤다.

사사 삭.

먼지 날리는 소리만 남기며 한빈의 신형이 사라졌다.

공간을 가르며 달려가던 한빈이 나지막이 말했다.

"설화야, 깼구나."

"앗, 들켰어요?"

"이제 네 발로 가거라."

"저 아직 어지러운데……."

마치 사숙에게 어리광을 부리는 사질처럼 설화는 말끝을 흐렸다.

그 모습에 한빈이 말했다.

"비용은 나중에 청구하마."

"앗, 공자님."

설화가 재빨리 한빈에게서 떨어졌다.

그리고는 한빈을 따라 구결십팔보를 펼쳤다.

이윽고 한빈 일행은 미리 봐 둔 장소에 도착했다.

정확히 말하면 출입문이 나 있는 마구간과 연결된 방이었다.

그 방의 대들보 위에 그들은 나란히 앉아 있었다.

무쇠로 된 벽이 솟아올라 있는 바람에, 이곳 대들보 위는 안전했다.

아래에서는 위쪽 공간을 볼 수 없었다.

쾅. 쾅!

굉음과 함께 마구간과 연결된 무쇠 문이 흔들렸다.

쇠끼리 부딪치는 듯한 소리가 귀청을 때렸다.

쾅!

쇠기둥으로 문을 박살 내는 것이 분명했다.

쾅!

마지막 소리와 함께 문이 열렸다.

아니나 다를까. 그들은 어깨에 거대한 쇠기둥을 메고 있었다.

문이 열리자 쇠기둥을 바닥에 내려놓은 그들.

곧 네 명의 정찰조가 안으로 들어와서는 사방을 살폈다.

그들은 관군이 쓰는 짧은 중검(中劍)을 들고 있었다.

좁은 지역에서의 전투를 염두에 둔 모습이었다.

거기에 하나같이 관모를 쓰고 있었다.

모두가 관군이라는 말이었다.

한빈은 숨을 죽이고 그들을 관찰했다.

네 명의 정찰조가 첫 번째 방 안을 이 잡듯 뒤지다가 뒤쪽으로 신호를 보냈다.

이어서 그들과는 다른 복장을 한 자가 천천히 걸어 들어왔다.

그자를 본 한빈은 눈을 크게 떴다.

지금 들어온 사내의 복장도 분명히 관군이었다.

하지만 이전에 나타난 네 명과는 다르게 장검을 들고 있었다.

장검을 들었다는 것은 지휘관이라는 말이었다.

앞쪽 네 명은 수색조였던 것 같았다.

그 지휘관의 장검에는 천(千)이라는 숫자가 또렷하게 새겨져 있었다.

이것은 천인장을 뜻하는 표식이었다.

관군의 천인장이라?

천인장이 이곳에 왔다는 것은 안에 있는 보물 때문이라는 말이었다.

물론 그게 끝이 아니었다.

저 천인장이 이 무리의 우두머리가 아닐 수도 있으니 말이다.

관군과 정화 부인 그리고 마물이라!

생각해 봐도 이해가 안 되는 조합이었다.

한빈은 더욱 그들의 행동 하나하나에 집중했다.

눈도 깜빡이지 않고 그들을 관찰하고 있는 이유는 단 하나.

바로 천외천급 구결을 가진 자를 찾기 위함이었다.

지금 모습을 드러낸 천인장은 그리 위협적인 존재는 아니었다.

관과 소통할 창구는 한빈도 얼마든지 가지고 있으니 말이다.

얼마 전 만나 힘을 합해 중원의 불순한 세력을 뿌리 뽑기로 한 남해천왕으로도 저들의 힘을 덮을 수 있을 것이 분명했다.

관을 상대한다는 것은 무력보다는 정치적인 배경이 따라주어야 한다.

남해천왕 정도의 뒷배라면 어떤 세력이 저 관군의 뒤에 있든 자신 있었다.

문제는 저들의 무공이었다.

지금 한빈은 천외천급의 구결을 가지고 있는 고수만 신경 쓰면 되었다.

하지만 그들에게는 그런 천외천급 구결이 보이지 않았다.

그들 중 가장 고수라고 할 수 있는 천인장이 강호의 절정급 고수의 무위를 가지고 있었다.

물론 이것은 한빈이 기감으로 파악한 정보였다.

지금 중요한 것은 추가적인 정보!

한빈은 귀를 쫑긋 세우고 그들의 대화에 집중했다.

그때 아래쪽에서 안쪽으로 들어갔던 관군 하나가 다급하게 나왔다.

"침입자의 흔적이 있습니다. 지난번에 표시해 둔 흑색 가루 중 일부가 지워졌습니다."

"흑색 가루가 지워진 부분은?"

"통로 쪽입니다."

"네가 말하는 방향은 어느 쪽인 게냐?"

"저쪽으로 이어지는 곳입니다."

수하가 손가락으로 통로의 이곳저곳을 가리켰다.

"흠, 그쪽 통로 쪽이라? 그러면 문은 이상이 없다는 말인가?"

"그건……."

수하가 답하지 못하고 한 발 뒤로 물러섰다.

그 모습을 본 천인장이 고개를 끄덕였다.

"알 리가 없지. 그 안에는 누구도 들어간 자가 없으니까……."

"네, 저희는 절대 문에 손을 대지 않았습니다."

"잘했다. 그럼 발자국은?"

"한 명인 듯도 하고 두 명인 듯도 합니다. 아니 세 명……."

"지금 무슨 말을 하는 게냐?"

천인장이 목소리를 높이자, 수색을 맡은 관군이 고개를 조아렸다.

위쪽에서 보던 한빈은 수색을 맡은 관군의 말에 고개를 끄덕였다.

그가 본 것이 어찌 보면 정확했다.

첫 번째 방을 제외하고는 이동 시 모두 구걸십팔보를 펼쳤다.

덕분에 발자국이 하나처럼 보이기도 한 것이다.

어쩌다가 멈췄을 때는 자신의 발자국을 남겼으니, 서너 명처럼 보이는 것도 이상한 일은 아니었다.

수색조의 대화로 보면 그들의 무공은 일류 정도.

일류의 무사가 초절정급 무인의 발자국을 판단할 수는 없는 법.

다만, 바닥에 흑색 가루를 뿌려 놨다는 것이 의외였다.

자욱한 먼지 덕분에 흑색 가루를 구별 못 한 것은 어찌 보면 당연했다.

그들의 대화에서 한빈은 중요한 사실 한 가지를 알 수 있었다.

천인장을 제외한 다른 이들은 이곳에 대해서 아무것도 모를 가능성이 크다는 말이었다.

지금의 대화만으로 추측한다면 천인장도 안에 무엇이 들어 있는지 모를 가능성이 있었다.

그때였다.

멀리서 다시 외침이 들려왔다.

"여기 보십시오! 흔적이 사방으로 흩어져 있습니다."

"어느 곳으로 흩어져 있느냐?"

"사방에 흩어져 있어 특정할 수 없습니다!"

"어서 가 보자!"

천인장이 재빨리 걸음을 옮겼다.

나머지 관군들이 천인장의 뒤를 따랐다.

그들의 모습은 마치 먹이를 옮기는 개미 떼들과도 같았다.

그들이 사라지자 한빈은 조용히 눈을 감았다.

기척을 살피기 위함이었다.

밖에 머물러 있는 관군은 적어도 오십 명 이상.

안쪽에 들어온 관군이 오십 남짓이니, 적어도 백 명의 관군이 몰려왔다고 보면 되었다.

아마 나머지 관군은 통로가 좁은 관계로 마구간 밖에 대기 중일 것이었다.

아직까지는 한빈의 기감에서 벗어나는 인물은 아무도 없었다.

백 명의 관군이라면?

이곳 책임자의 허락이 떨어져야 움직일 수 있는 인원이었다.

사병도 아닌 관군이 움직였다는 것은 강호의 일만은 아님을 시사했다.

눈을 뜬 한빈이 슬쩍 고개를 내렸다.

순간 홍칠개도 슬그머니 한빈의 뒤로 붙었다.

그 모습에 한빈이 나지막한 목소리로 말했다.

"일단 여기 계십시오."

"흠, 내가 도움이 될 것 같지 않아서 그러느냐? 섭섭하구나, 제자야!"

"아무래도 이상합니다."

"뭐가 이상하다는 말이더냐?"

"눈에 띄는 고수가 없습니다."

한빈이 가장 이상하게 생각하는 점이었다.

사실 한빈은 정화 부인을 기다리고 있었다.

팽경빈이 나타났으니, 그다음은 정화 부인이 나타나는 것이 순서였다. 이상한 것은 관군 이외에는 다른 이들의 모습이 전혀 보이지 않았다는 점이다.

홍칠개가 눈을 가늘게 뜨고 관군을 쳐다보다가 입을 열었다.

"그야 관군 나부랭이의 실력이 거기서 거기라 그런 것 아니겠느냐?"

홍칠개는 다른 뜻으로 한빈의 말을 해석했다.

한빈은 나지막이 자기 생각을 밝혔다.

"이 보물을 관리하기 위해서 온 관군입니다. 그 보물이 절정 정도의 무인이 감당하기에 적당하다고 보십니까? 사부님."

한빈의 말은 사실이었다.

천인장의 실력은 절정급 정도였다. 여기에 있는 보물을 관리하기에는 부족한 실력이었다.

순간 홍칠개가 미간을 좁히고 물었다.

"그럼 이게 함정이라는 것이냐? 제자야."

"그야 모르지요."

한빈이 의미심장한 미소를 짓자, 홍칠개가 재빨리 다시 물었다.

"제자야, 네 계획은 무엇이냐?"

"아무래도 저들의 틈에 숨어들어야겠습니다."

한빈이 아래쪽을 가리키자, 홍칠개가 고개를 끄덕였다.

"그래, 그거 좋은 생각이구나. 그럼 어서 가 보자."

홍칠개가 다시 양팔을 걷어붙이며 함박웃음을 지었다.

그 모습에 한빈이 손바닥을 보였다.

"잠시만 기다리십시오, 사부님."

"왜 그러느냐?"

"사부님은 여기에 남아 계시는 것이 좋을 것 같습니다."

한빈의 말은 단호했다. 물론 홍칠개의 눈썹이 꿈틀대는 것은 당연했다.

"내 도움이 필요 없다고? 많이 컸구나, 제자야!"

"그런 말이 아닙니다. 사부님을 모시고 저들의 틈에 숨어들 수는 없습니다."

"내 변장술을 무시한 것이더냐? 제자야!"

"변장이 문제가 아니라 냄새 때문입니다."

"어디 냄새가 난다고……."

홍칠개가 자신의 소매를 들어 냄새는 맡자, 설화가 작은 목소리로 말했다.

"죄송하지만, 나요."

"뭐가 난다는 거지?"

홍칠개가 눈을 가늘게 뜨고 묻자 설화가 말했다.

"냄새요. 공자님 말대로 옆에 있으면 바로 들킬 거예요."

"설화야, 내가 사 준 당과가 몇 개이거늘……."

"그래도 사실은 사실이에요."

설화가 고개를 젓자 홍칠개가 조용히 천장을 올려다보았다.

잠시 침묵이 흐른 후 한빈이 말을 이었다.

"설화가 남아서 사부님을 모셔라."

"네, 알겠어요. 공자님."

"그럼 너만 믿고 내려가 보겠다."

"혼자 가시게요?"

"이번에는 청화를 데려가야 할 것 같다."

"청화만요?"

"소리 없이 재워야 할 놈들이 있어서 말이다."

한빈이 아래를 가리키자, 설화가 가슴을 탁탁 치며 웃었다.

"그럼 여긴 저한테 맡기세요."

"그래. 청화는 내 뒤를 따르거라."

한빈이 재빨리 바닥에 내려섰다.

첫 번째 방과 연결된 마구간 쪽에서는 들리지 않을 정도의 은밀한 소리.

사사삭.

한빈과 청화가 조용히 통로 쪽으로 들어갔다.

그 모습을 멀뚱히 보던 홍칠개는 입맛을 다셨다.

그렇게 눈 몇 번 깜빡일 정도의 시간이 지났다.

그때 은밀한 목소리가 들려왔다.

"받으십시오."

한빈의 목소리와 함께 두 개의 신형이 대들보 위로 날아왔다.

겨우 천으로 알몸을 가리고 있는 사내 둘이었다.

깜짝 놀란 홍칠개는 자신도 모르게 몸을 피했다.

사삭.

사내 둘이 대들보를 지나치려 할 때였다.

설화가 손을 내밀어서 둘의 목덜미를 잡았다.

사내 둘을 잡자 휘청이던 설화가 외쳤다.

"도와주세요!"

설화의 외침에 홍칠개가 손을 뻗었다.

순간 위기가 지나자 설화가 한숨을 내쉬며 고개를 돌렸다.

설화가 바라보는 곳에는 벌거벗은 사내 둘이 의식을 잃고 쓰러져 있었다.

홍칠개도 마찬가지로 그들을 보고 있었다.

"흉하게 거지도 아니고 벌거벗고 다니다니? 대체 옷은 어디다 흘렸기에 이런 꼴이……."

"공자님이 가져가셨겠죠."

"내 제자가 저놈들의 옷을?"

"공자님이 완벽하게 잠입한 것 같아요."

"그럼 빈 알맹이만 놓고 갔다는 말이구나."

"에이, 빈 알맹이란 말이 어디 있어요?"

"그럼 이놈들이 빈껍데기도 아니고……."

홍칠개가 벌거벗은 관군을 가리켰다.

❦

한편 한빈은 관군의 복장으로 갈아입고 병사들 틈에 섞여 있었다.

한빈이나 청화에게 병사를 흉내 내는 일은 그리 어렵지 않았다.

전생의 기억이 있는 한빈은 말할 것도 없고, 청화도 독인으로서 규율 속에 살아왔던 친구였다.

청화는 순식간에 병사들과 동화되었다.

그때였다.

앞선 수색조 중 하나가 외쳤다.

"저곳에 이상한 흔적이 있습니다!"

"어디인지 안내해 보아라."

"이쪽입니다."

그 뒤에 얼마 있지 않아 병사들이 다급하게 움직였다.

천인장의 지시가 떨어진 것이다.

한빈은 재빨리 다른 병사들과 발을 맞춰 뛰어갔다.

그들이 도착한 곳은 중요한 보물을 모아 놓은 폐품 창고가 있는 곳이었다.

천인장은 폐품 창고의 무쇠 문 앞에서 턱을 어루만지고 있었다.

수하들은 천인장의 뒤에서 모두 지시를 기다리고 있었다.

천인장은 문을 바라보며 아무 말도 하지 않았다.

눈을 가늘게 뜬 것이, 마치 단서를 찾는 것만 같았다.

침묵이 이어지자 병사들도 수군대기 시작했다.

"수상하군."

늙은 병사의 말에, 키 작은 병사 하나가 다가왔다. 제법 고생을 했는지 얼굴이 시커멓고 볼품없게 생긴 병사였다.

"무엇이 수상하다는 말씀인가요? 어르신."

"같은 병사끼리 어르신이라니……."

"그럼 선배님이라고 부르면 될까요?"

키 작은 병사가 조심스럽게 늙은 병사 옆에 붙었다.

옆에 붙어서 친한 척하는 젊은 병사의 모습에, 늙은 병사가 싫지 않은 표정을 지었다.

이렇게 친근하게 구는 병사는 처음이었다.

늙은 병사는 이제는 조장에서도 물러나서, 내년이면 이 일도 그만두게 되는 상황이었다.

늙은 병사는 자신을 선배라 부르는 젊은 병사가 기특해 보였다.

"거참."

"그런데 뭐가 수상하다는 건가요?"

젊은 병사가 눈을 반짝이며 묻자, 늙은 병사가 말을 이었다.

"저 문은 항상 열려 있었지. 그런데 지금은 닫혀 있으니 우리 군관 나리께서 이상하다고 생각하는 것도 당연하지. 다른 문들이야 닫혀 있는 게 정상이지만, 이곳은 항상 열려 있어야 정상이라고 할 수 있다네. 즉, 침입자는 저 안으로 도망쳤을 확률이 있다는 게야."

늙은 병사가 문을 가리켰다.

"그럼 얼른 침입자를 잡아야 하지 않나요?"

"우리 천 군관 나리는 항상 모든 일을 신중하게 처리하는 분이지. 지금도 작전을 계획하고 계신 것이 분명할 게야. 덕분에 우리가 위험에서 벗어난 것이 한두 번이 아니라네. 그러니 우린 군관님을 믿고 기다리면 된다네."

늙은 병사는 앞쪽에 서 있는 군관을 바라봤다.

천 군관이라 불리는 자는 병사들에게 신임을 쌓은 듯 보였다.

흐뭇하게 천 군관을 바라보던 늙은 병사가 고개를 갸웃했다.

그러고는 천천히 젊은 병사를 바라봤다.

"그러고 보니 처음 보는 친구군."

"네, 온 지 얼마 되지 않았네요."

"생각해 보니 말투도 조금 이상하고……."

"제 말투가 이상한가요?"

"몰랐는가?"

늙은 병사가 상대를 보며 미간을 좁혔다.

젊은 병사는 깜짝 놀라 뒤로 물러섰고, 뒤에 버티고 서 있던 훤칠한 병사의 몸에 부딪혔다.

젊은 병사는 뒤를 보며 눈을 크게 떴다.

시선이 마주친 훤칠한 병사가 고개를 돌려 늙은 병사를 바라봤다.

"이 친구가 들어온 지 얼마 안 되어서 실수가 좀 잦습니다, 황 영감님."

"자네는……."

"십칠 조의 강입니다."

"허허."

"혹시 기억이 안 나시는 건 아니겠지요?"

"내가 왜 자네를 모르겠나? 알지, 알고 말고······."

황 영감이라 불린 병사는 손을 휘휘 내저었다.

그 모습에 훤칠한 병사가 고개를 끄덕였다.

"다행입니다. 아무 이상이 없으시군요."

"그럼, 내가 무슨 이상이 있다고 그러나!"

황 영감이라고 불린 늙은 병사는 마구 손을 내저었다.

그것도 잠시, 그는 재빨리 고개를 돌리고 입을 딱 다물었다.

누가 봐도 시선을 피하는 모습이었다.

사실 그에게는 지병이 있었다.

기억이 점점 지워지는 무서운 병이었다.

황 영감은 어찌 되었든 병을 숨겨야 했다.

지금 속해 있는 부대는 내년이면 그 임무를 다하고 해체된다.

부대의 특성상 임기를 모두 채우면 여생을 굶지 않고 지낼 수 있는 녹봉을 한 번에 받을 수 있었다.

그 사실 하나만으로 모두는 버티고 있었다.

황 영감도 마찬가지였다. 하지만 황 영감의 지병이 모두에게 알려지는 순간, 그는 이 부대에서 퇴출당하게 될 수밖에 없었다.

이 부대에서 나가게 되면 고향에서 기다리고 있을 가족을 볼 면목이 없었다.

가족들이 내년만을 목 빠지게 기다리고 있다는 것을 황 영 감은 알고 있었다.

자신의 병을 결코 들켜서는 아니 되었다.

황 영감은 재빨리 머릿속에 두 사람의 얼굴을 넣어 뒀다.

그러고는 계속해서 되뇌었다.

"강은 오랫동안 나와 지내 온 병사 그리고 저 아이는 새로 들어온 아이야. 꼭 기억해야 해."

황 영감은 쉬지 않고 중얼거렸다.

그 모습에 황 영감과 대화하던 젊은 병사가 뒷걸음쳤다.

위기에서 벗어난 젊은 병사가 한숨을 내쉬었다.

"휴."

누가 봐도 안도의 한숨이었다.

그 한숨에 훤칠한 병사가 말했다.

"청아, 한숨은 그만 쉬어라."

"아, 알겠어요, 공, 아니 강……."

"조장이라 불러라, 청아."

"네, 강 조장님."

"앞으로도 계속 그렇게 불러라."

훤칠한 병사가 활짝 웃었다. 그는 바로 한빈이었다.

노인과 대화하던 젊은 병사는 청화였고 말이다.

그들은 두 명의 병사를 혼절시킨 뒤 바로 변장했다.

그 결과가 지금의 모습이었다.

한빈은 완벽하게 변장했지만, 청화는 체격을 극복하지 못한 상황이었다.

다행인 것은 한빈이 변장한 강 조장의 조원이 바로 한 명밖에 없었다는 점.

그게 바로 청화가 변장한 것이 청이라는 사내였다.

물론 변장 말고도 한빈의 준비는 완벽했다.

지금 마주한 황 영감에 대해서도 구 할 이상 알고 있을 정도니 말이다.

한빈은 어떻게 세세한 정보까지 획득할 수 있었을까?

한빈은 변장 후 눈에 보이지 않게 숨어 다니며 그들의 대화를 통해 정보를 모았고, 그들의 목적 또한 알아냈다.

그들의 목적은 생각보다 간단했다.

바로 이곳을 관리하는 것이다.

문제는 이곳을 관리하는 방법이 너무 비밀스럽다는 점이었다.

조장을 중심으로 이루어진 이 부대는 다른 조원끼리는 이렇게 임무에 투입되기 전까지는 소통을 안 했다.

거기에 더해 군관을 제외한 조장과 병사는 모두 성을 따서 불렀다.

아마도 비밀스럽게 진행해야 하는 임무 때문인 듯 보였다.

한마디로 점조직이란 말이었다.

재미있는 것은 병사들이 지켜야 할 규칙 몇 가지였다.

그중 하나가 외부와 절대 소통해서는 안 된다는 것이었다.

아마도 이곳의 비밀 유지를 위해 만든 규칙임이 분명했다.

이들 병사도 이곳의 주인을 본 적이 없다는 것은 새로 알게 된 사실이었다.

그들은 상관의 명령에 따라서 이곳을 관리하고만 있었던 것.

그러던 중 이곳을 살피라는 지시를 받고 뛰어온 것이다.

문 안으로는 들어가지 못하고, 오직 창고의 통로만을 드나들 수 있는 권한밖에는 없었다.

청화도 이러한 정보를 수집하기 위해 한빈과 떨어져 황 영감이라 불리는 늙은 병사에게 접근했던 것.

의심을 받긴 했지만, 한빈의 도움으로 위기에서 벗어날 수 있었다.

안도의 한숨을 내쉰 청화가 한빈을 바라봤다.

"조장님은 진짜 오래 계셨던 분 같아요."

"그래, 오래 있었지."

한빈은 피식 웃었다.

이곳 군영은 아니었지만, 전생에 군영에 침투해서 병사인 척 몇 달을 지낸 적도 있었다.

그러니 오래 있었다고 해도 거짓은 아니었다.

그때였다.

천인장의 검을 지닌 천 군관이 뒤쪽을 바라보며 외쳤다.

"각 조의 조장은 모두 앞으로 나오시게!"

내공이 실려 있는 그의 목소리에, 곳곳에서 조장 역할을 하는 병사들이 나왔다.

물론 십칠 조의 조장인 한빈도 앞으로 나왔다.

앞으로 나온 조장들은 정확히 일곱 명이었다.

한빈이 십칠 조를 맡고 있었으니, 이곳에 들어온 것은 번호순이 아니라는 말이었다.

일곱 명의 조장이 모이자, 천 군관이 무쇠 문을 가리켰다.

"이제부터 힘을 합쳐서 저 문을 열게."

"저, 저 문을 열라고 하셨습니까? 천 군관님!"

조장 중 하나가 나와서 외쳤다.

그도 그럴 것이, 육중한 무쇠 문은 힘으로만 열 수 있는 문이 아니었다.

그 말에 천 군관이 미소를 지었다.

"이 책자에 의하면, 기관 장치가 고장 나도 들어 올리는 데는 문제가 되지 않을 것일세."

천 군관이 책자 하나를 꺼내 다시 살폈다.

그는 제목이 보이지 않게 몰래 책장을 넘겼다.

그러고는 재빨리 다시 서책을 품속에 넣었다.

다른 이는 못 보았지만, 한빈은 볼 수 있었다.

바로 안(眼)의 구결을 사용했기 때문이었다.

안의 구결은 동체 시력뿐 아니라 어둠 속에서도 위력을 발휘했다.

책에는 암문(暗門)이라고 적혀 있었다.

아마도 이곳의 이름이 암문인 것 같았다.

암제가 만든 장소이니 딱 어울리는 이름이었다.

천 군관은 이곳의 관리자로서 기관 장치의 설명서를 가지고 있는 것이 분명했다.

서책을 확인한 천 군관이 다시 문을 가리켰다.

"무거워 보여도 들어 올리기는 그리 어렵지 않을 것이다. 모두 힘을 합해서 올려라."

"존명."

조장들이 천 군관을 향해 군례를 취한 뒤 무쇠 문으로 모여들었다.

순간 한빈은 미간을 좁혔다.

이미 파혼일검으로 기관 장치까지 고장 내 놓은 상황이었다.

위쪽의 기관 장치는 완전히 파괴되어서 무쇠 문은 사람의 힘으로 들어 올릴 수 없었다.

그런데 천 군관은 쉽게 들어 올릴 수 있다고 자신 있게 말했다.

문제는 저 무쇠 문을 쉽게 들어 올리고 안을 수색할 수 있다면, 안쪽에 들어 있는 중요한 물건들을 천 군관이 발견할 수도 있다는 점이었다.

저들이 물건을 발견하게 되면 문제는 생각보다 복잡해질지도 몰랐다.

잠입해서 적들의 수장을 확인하려는 계획이 물거품이 될 수도 있었고.

한빈은 재빨리 문을 살폈다.

만약에 장치가 위쪽에만 있는 것이 아니라 아래쪽에도 있는 이중 구조라면?

한빈은 손을 탁탁 털면서 다른 조장들과 함께 무쇠 문 앞으로 갔다.

천 군관이 손짓하자, 조장의 자격을 가진 병사들이 일제히 무쇠 문 아래쪽에 손가락을 넣었다.

조장들 모두가 준비하고 있을 때였다.

한빈은 문이 아닌 천 군관을 유심히 살폈다.

천 군관은 문 옆쪽으로 가더니 조그마한 뚜껑 하나를 열었다.

그곳에는 주먹만 한 고리가 하나 들어 있었다.

천 군관은 그 고리를 잡아당겼다.

순간 아래쪽에서 귀를 긁는 듯한 쇳소리가 흘러나왔다.

끼기긱.

그때였다.

무쇠 문이 살짝 위쪽으로 들리기 시작했다.

그 틈을 이용해 다른 조장들이 무쇠 문을 올렸다.

한빈은 단번에 가벼워진 무쇠 문을 느꼈다.

순간 한빈은 용린의 기운을 다섯 손가락에 밀어 넣었다.

스스슥.

순식간에 용린의 기운이 한빈의 손가락을 타고 무쇠에 스며들었다.

한빈이 쓴 수법은 일촉즉발의 수법.

검이 아닌 손가락을 통해서 용린의 기운을 발출한 것이다.

하지만 주변 사람들은 알 수 없었다.

한빈의 수법이 그만큼 은밀했기 때문이다.

양쪽 손, 즉 열 손가락을 문에 박아 넣은 한빈은 은근슬쩍 문을 끌어 내렸다.

문을 들어 올리는 척하다가 끌어 내린 것이다.

누구도 한빈이 문을 끌어 내린다고 생각할 수 없었다.

그만큼 한빈의 동작은 완벽했다.

한빈의 동작을 아는 것은 병사로 위장한 청화뿐이었다.

청화는 한빈의 동작이 신기하기만 했다.

들어 올리려는 조장들과 기관의 힘을 한빈이 홀로 막고 있다.

더 놀라운 것은 한빈의 표정이었다.

그것은 누가 봐도 무쇠 문을 들어 올리기 위해 온 힘을 다하는 모습이다.

하지만 실상은 무쇠 문에 손가락을 꽂아 넣고 아래로 내리는 상황이었다.

청화는 자신도 모르게 입술을 꽉 깨물었다.

그때 황 영감이 다가왔다.

"걱정되느냐?"

"아니에요."

청화가 고개를 젓자, 황 영감이 피식 웃었다.

"동료가 다칠까 봐 걱정되는 것은 당연한 일인 게다. 그렇게 감추려고 하지 말아라. 자랑일지는 몰라도 우리 부대에서 다친 자는 하나도 없다. 그저 고향이 그리워서 자진해서 나간 자들은 있어도, 다치거나 죽어 나간 자들은 아무도 없단다. 그러니 염려 말아라."

"저 걱정 안 했어요."

"그 눈에 다 쓰여 있다."

"아닌데……."

청화는 황 영감의 말에 고개를 갸웃했다.

황 영감은 멀뚱히 쳐다보는 청화의 어깨를 가볍게 다독이고 돌아섰다.

그는 조용히 구석으로 가서 복장을 점검했다.

그 모습에 청화가 고개를 갸웃했다.

이들 모두가 그냥 평범한 병사로 보였기 때문이다.

청화는 관군들의 모습에 의문을 품을 수밖에 없었다.

정화 객잔에서 확인한 적의 모습은 상상도 못 할 만큼 위력적이며 냉혹했다.

그 적들 때문에 이곳에 잠입한 청화는 병사들에게 선입견을 품고 있었다.

하지만 이곳에서 처음 대화를 나눈 황 영감이란 자는 의외로 인간적이었다.

천 군관이란 자도 알게 모르게 평범한 군인으로 보였다.

정화 객잔에서 마주한 적들과는 묘하게 차이가 있었다.

청화가 고민하는 사이, 무쇠 문을 들어 올리는 작업에 변화가 생겼다.

한 뼘 정도 들리던 무쇠 문이 부르르 떨리기 시작한 것이다.

누가 봐도 기관 장치가 고장 난 것.

그때 조장 중 하나가 외쳤다.

"모두 물러서십시오!"

그의 말에 다른 조장들이 뒤로 물러났다.

덕분에 마지막 남은 조장 한 명이 흔들리는 문을 잡고 있어야 했다.

순간 끼음을 내며 내려앉은 무쇠 문.

쾅!

덕분에 천 군관도 쥐고 있던 고리를 놓쳤다.

생각지도 못한 사고에 천 군관이 다급하게 달려왔다.

그가 달려온 자리로 황색 먼지가 자욱하게 피어올랐다.

그때 조장 중 하나가 외쳤다.

"동료가 저 아래 깔렸습니다!"

깜짝 놀란 군관이 물었다.

"뭐라 했느냐?"

군관이 눈썹을 꿈틀대자, 다른 조장이 말을 이었다.

"우리에게 피하라 하고 무쇠 문을 막은 동료가 저 아래 있습니다."

"대체……."

군관의 입술이 파르르 떨렸다.

그것도 잠시, 그는 천인검을 번쩍 들었다.

"일단 대기하라!"

그의 지시는 합리적이었다. 기관 장치가 고장이 난 상황에서 저곳에 뛰어들 수는 없었다.

책자에 표시 안 된 위험이 있을 수도 있기 때문이다.

군관의 지시에 따라 모두는 황색 먼지가 걷히기만을 기다렸다.

그때였다.

누군가 황색 먼지 속에서 쿨럭이면서 걸어 나왔다.

그는 누가 봐도 지친 기색이 역력해 보였다.

허리를 부여잡고 절룩거리는 모습은 누가 봐도 부상병이었다.

그를 바라보던 나머지 조장들이 자신의 병장기를 높이 들었다.

순간 터지는 함성.

유일하게 함성을 내지르지 않는 것은 청화밖에 없었다.

사실 청화는 한빈을 진심으로 걱정했었다.

혹시라도 한빈의 행동이 적에게 들키지 않을까 하는 걱정이었다.

하지만 다친 모습으로 걸어 나오는 한빈을 본 청화는 안심할 수밖에 없었다.

한빈이 저 상황에서 다칠 리 없기 때문이다.

위험이 있다면 가장 먼저 저 자리를 피할 사람이 한빈이었다.

다만 왜 저런 모습을 보이느냐가 청화가 가지고 있는 의문이었다.

청화는 한빈이 오면 조용히 물어보기로 했다.

하지만 그 의문은 바로 풀렸다.

다른 조장들이 재빨리 다가와 한빈을 부축한 것이다.

곧 조장 중 하나가 달려와서는 한빈을 들것에 눕혔다.

그들이 보기에 한빈은 생명의 은인이었다.

이어지는 군관의 후퇴 명령.

"모두 여기서 철수한다."

그 말에 일사불란하게 병사들이 움직였다.

물론 한빈은 들것에 실려 자리를 빠져나왔다.

얼마 안 가서 한빈의 들것이 청화 곁을 스쳤다.

둘의 시선이 교차하는 순간, 한빈이 청화에게 눈짓했다.

빨리 따라오라는 뜻이었다.

청화도 이제는 시선만으로도 한빈의 마음을 읽는 수준이
되었다.

청화가 재빨리 들것의 옆에 다가가 놀란 듯 외쳤다.

"조, 조장님!"

"나, 나는 괜찮다."

한빈이 죽어 가는 목소리로 답했다.

그때 군관이 뛰어와서 한빈을 바라봤다.

"자네는 그만 쉬게."

"괜찮습니다. 동료들에게 신세 질 수는 없습니다. 일어날
수 있습니다."

한빈이 답하자, 군관은 손을 내저었다.

"얼른 쉬게. 자네는 다른 이들의 목숨을 구한 영웅이네. 그
러니 쉴 자격이 있네."

말을 마친 군관이 한빈의 어깨를 토닥였다.

순간 한빈이 비명을 질렀다.

"앗!"

"미안하네."

"아닙니다. 저는 그냥 부축만 받으면 될 듯합니다."

"그래도 되겠나?"

"통로가 좁아서 들것이 더 불편합니다."

"흠, 그럼 그리하게."

군관이 고개를 끄덕이자, 한빈이 들것에서 내려와 절룩이며 청화의 부축을 받았다.

그들은 어둠을 지나서 드디어 입구를 나왔다.

좁은 마구간을 나오자, 병사들이 양쪽으로 줄을 서 있었다.

청화의 부축을 받고 한빈이 나오자, 그들은 병장기를 바닥에 찍기 시작했다.

쿵. 쿵.

병장기를 바닥에 찍는 그들의 심장 소리가 한빈의 귀에까지 들렸다.

진심으로 한빈을 영웅처럼 대접하고 있는 것이다.

이제 그들은 한빈을 조금도 의심하지 않았다.

그들의 환호성에도 한빈의 표정은 조금도 변하지 않았다.

한빈은 이렇게 주목받을 생각이 없었다.

의심을 사는 것보다는 그들의 영웅이 되기로 선택했을 뿐이다.

이제 그들의 속에 숨어 적진 속으로 들어가는 것은 반 이상 성공이었다.

그때였다.

어디선가 비둘기 한 마리가 날아왔다.

딱 봐도 전서구였다.

비둘기는 어느 병사의 앞에 내려앉았다.

그 병사는 비둘기의 다리에 달린 전서 통을 떼어 냈다.

전서 통 안의 쪽지를 꺼낸 병사는 마구간 안쪽으로 뛰어 들어갔다.

아마도 이곳의 책임자인 천 군관에게 전하기 위함인 것 같았다.

얼마나 지났을까.

마구간에서 천 군관과 나머지 병사들이 나왔다.

그런데 천 군관의 표정이 이상했다.

그것도 잠시, 귀청을 찢는 굉음이 울려 퍼졌다.

쿠아앙!

광!

동시에 지축이 흔들렸다.

아무런 대비가 없던 병사들이 휘청일 정도였다.

병사들은 멍하니 천 군관을 바라봤다.

모두의 시선을 받은 천 군관이 말했다.

"오늘 임무가 마지막이다. 이제부터 이곳의 관리는 우리가 맡지 않는다."

"어, 어떻게 된 것입니까?"

질문을 던진 자는 조장들 중에서 연배가 있는 자였다.

천 군관이 고저 없는 말투로 답했다.

"이곳을 막으라는 상부의 지시가 내려왔다."

"그럼 저희는 어떻게 되는 겁니까?"

"약속한 녹봉은 돌아간 후 수령한다. 이것만은 내가 약속하마."

"가, 감사합니다."

"내게 고마워할 것은 없지."

말을 마친 천 군관은 병사들의 선두에 섰다.

모두는 천 군관을 따라 천천히 이동했다.

천 군관은 부상 입은 한빈을 위해 수레 하나를 지급했다.

이것은 영웅을 위한 천 군관의 배려였다.

말 하나가 끄는 수레는 가장 뒤쪽에서 병사들을 따라갔다.

그때 청화 옆을 지나가는 황 영감이 감탄했다.

"허허, 말을 진짜 잘 다루는구먼."

"아니에요."

"이곳에 오기 전에 마부를 하다 왔는가?"

"그건 아닌데……."

"뒤를 돌아보면서도 저리 능숙하게 말을 모는 것을 보면 마부 출신이 맞아. 그럼 고생하게. 참, 자네 조장에게는 고맙다고 전해 주고."

말을 마친 황 영감은 재빨리 병사들의 뒤를 쫓았다.

황 영감과 대화를 나눈 이는 청화였다.

즉 고삐를 잡은 것이 청화라는 말이었다.

그렇다면 황 영감에게 이런 칭찬을 들을 만큼 청화의 솜씨가 좋을까?

사실 청화는 말을 몰지 못했다.

하지만 지금 청화는 누가 보기에도 능숙하게 수레를 끌고 있었다.

청화가 말을 몰지 못한다는 사실을 안다면 누구라도 이상하다고 생각할 만한 상황.

여기에는 한 가지 사정이 있었다.

지금 말을 다루는 것은 청화도 아니고 한빈도 아니었다.

청화는 수레를 힐끔 바라봤다.

"백구야, 고마워."

크릉.

백호가 한빈의 옆에서 고개를 삐죽 내밀었다.

청화도 한빈을 따라 백호를 백구라고 부르고 있었다.

백호도 그 이름을 마음에 들어 하는 듯 보였다.

중요한 것은 지금 말을 다루는 것이 백호라는 점이었다.

백호는 영물. 그 영물 특유의 기세로 말을 다루고 있었다.

청화는 고삐만 잡고 있을 뿐.

그러니 이렇게 뒤를 돌아보며 편히 이야기도 할 수 있는 것이고 말이다.

그때 청화가 고개를 갸웃했다.

"조장님, 표정이 왜 그래요?"

"두 가지 걱정이 있어서다."

"걱정이 두 가지나 된다고요? 그럼 가장 걱정되는 게 뭔데요?"

"가장 걱정되는 것은 아까 날아온 전서구다."

"전서구가 왜요?"

"그 전서구가 어디에서 날아왔을까?"

"그야 저는 모르죠."

"개방."

"개방이라니요? 아까 보니까 깨끗해 보이던데요?"

"개방에서 유일하게 깨끗한 것이 바로 전서구지. 더러워 보이면 전서구에 이름표를 붙이고 다니는 것과 다를 바가 없지 않느냐?"

"아."

청화가 입을 벌렸다.

여태껏 전서구의 특징까지 생각해 본 적은 없었다.

하지만 개방의 비둘기가 더럽다면 어느 집단의 목표가 될 수도 있는 법이었다.

입을 벌리며 감탄하던 청화가 뭔가 생각난 듯 다시 물었다.

"그런데 어떻게 개방의 비둘기라는 것을 아신 거예요?"

"개방의 전서구는 다른 조직의 비둘기보다 더 깨끗하다. 깨끗하게 관리한다는 것이 도를 지나친 셈이지. 그리고 중요한 것은 거지들에게 옮겨붙은 냄새다. 깨끗함에 비해서 특이한 냄새를 지니고 있어서, 조금만 관심을 가지면 알아볼 수 있지."

"저도 알아볼 수 있을까요?"

"한 십 년만 지나면?"

"그럼 설화 언니는요?"

"한 칠 년은 지나야겠지."

"그런데 개방의 전서구가 무슨 문제예요?"

"개방에 배신자가 있다는 증거가 아니겠느냐? 이제야 모든 의문이 풀리는 것 같다. 사부님이 어찌 그리 쉽게 적에게 사로잡혔는지도 말이야."

"그럼 두 번째 걱정은 뭐예요?"

"사부님과 설화가 저곳을 잘 빠져나올 수 있을지 하는 게 의문이다."

"그러고 보니……."

청화는 당황한 듯 눈알을 이리저리 굴렸다.

초점을 잃은 청화의 눈동자는 이제는 안 보이는 마구간 쪽으로 고정되었다.

청화도 지축이 흔들릴 정도의 진동을 느꼈다.

귀를 찢는 폭음과 함께 말이다.

그 정도면 천 군관의 말대로 통로가 막혔을 것이다.

당황한 청화가 재빨리 말했다.

"그럼 빨리 구하러 가야죠."

"나는 사부님과 설화를 믿는다."

"사부님과 설화 언니를요? 아니, 아무리 믿어도 무너진 통로를 어떻게 뚫고 나와요?"

"내가 도움이 될 만한 것을 남겨 놨으니 염려하지 말거라."

"도움이 될 만한 거라니요?"

그때였다.

다시 앞쪽에서 황 영감이 수레 쪽으로 달려왔다.

달려온 황 영감은 기름종이에 싼 육포 한 묶음을 한빈에게 건넸다.

"이거라도 들게. 천 군관님이 자네에게만 전하라고 한 선물일세. 이걸로 요기라도 하게."

"감사합니다, 황 영감님."

"우리 사이에 감사는 무슨……."

황 영감이 어색하게 웃으며 다시 자리를 떠났다.

한빈과 청화는 서로를 보며 슬며시 눈웃음을 지었다.

구석에 숨어서 말을 조종하는 백호는 지루한지 하품을 해 댔다.

크륵.

암문의 내부.

한빈의 걱정보다 더 심각한 일이 벌어졌다.

폭발 뒤 설화와 홍칠개는 대들보에서 떨어졌다.

대들보에서 떨어진 설화와 홍칠개는 의식을 잃은 병사 둘을 들쳐 메고 첫 번째 방을 빠져나왔다.

지금 첫 번째 방은 무너진 상황.

구걸십팔보가 아니었다면 설화와 홍칠개도 잔해에 파묻혔을 것이 분명했다.

이제 마구간과 통하는 유일한 통로가 사라져 버렸다.

"어, 어떻게 해야 하죠?"

"설화야, 내가 아무리 많은 것을 안다고 해도 이곳에서 벗어나는 방법까지 알 수는 없단다."

"혹시 객잔과 연결된 문은 기억하세요?"

"오호."

"제가 객잔을 떠나올 때 나머지 사람들이 잔해를 파헤치고 있었으니, 지금쯤이면 작업이 끝났을지도 몰라요."

"허허, 그럴 수도 있겠구나. 그럼 일단 그쪽으로 가자꾸나."

홍칠개도 일리 있다는 듯 고개를 끄덕였다.

다음 권으로 이어집니다